U0822824

镜头春秋

红色摄影家郎琦传

刘兮　著

時代文藝出版社

图书在版编目（CIP）数据

镜头春秋：红色摄影家郎琦传 / 刘兮著. -- 长春：时代文艺出版社, 2022.5
ISBN 978-7-5387-6954-8

Ⅰ. ①镜… Ⅱ. ①刘… Ⅲ. ①纪实文学－中国－当代 Ⅳ. ①I25

中国版本图书馆CIP数据核字(2022)第013700号

镜头春秋：红色摄影家郎琦传
JINGTOU CHUNQIU HONGSE SHEYINGJIA LANGQI ZHUAN
刘兮 著

出 品 人：陈 琛
责任编辑：李贺来
装帧设计：孙 利
排版制作：陈 阳

出版发行：时代文艺出版社
地 址：长春市福祉大路5788号 龙腾国际大厦A座15层 （130118）
电 话：0431-81629751（总编办） 0431-81629755（发行部）
官方微博：weibo.com/tlapress
开 本：880mm × 1230mm 1/32
字 数：167千字
印 张：9
印 刷：吉林省吉广国际广告股份有限公司
版 次：2022年5月第1版
印 次：2022年5月第1次印刷
定 价：78.00元

我感谢和深爱着我的职业。它使我能够在各个时期和时代同步，也让我留下了大量的历史纪实。这些容纳了不同时期的瞬间，引人抚今追昔，承托着人们对往日的怀念、对生活的思考。

郎琦

序

有人说，这是一个人人都是摄影师的时代。

的确，在摄影技术高度发达、智能手机迅速普及的当下，无论是千载难逢的奇遇，还是司空见惯的平凡，几乎人人都能够通过简单的操作将它们定格留存。就在你阅读前面这两句话的同时，不知有多少影像正通过网络爆炸式地传播，世间万象在我们眼前一览无余。

难以置信，摄影术诞生至今不过一百八十多年的时间，“傻瓜”相机步入百姓人家还不足四十年，数码相机也是在近二十年才得以飞速发展。相机普及的历程太短，短到还长不过一个人的一生，短到连那些并不算遥远的历史，也会因影像的匮乏而变得斑驳。我们知道自己要往哪里去，却常常忘了我们从哪里来。

忘记昨天的人，定会被明天遗忘。所以，我想和你们一起拜访一位特别的记录者，借他的双眼擦亮那斑驳的归途，回到那个摄影师用生命带我们看世界的时代。

这位记录者的名字叫郎琦，生于1927年，他与摄影结缘的时候不过十三岁，如今，他已经九十三岁高龄了。古人雅称九十为“鲐背之年”——本是说这个年纪的老人，背部会生出鲐鱼般的斑纹；可雕刻在这位老人身上的，远不止岁月的褶皱。

他的一生，接受过近十次大大小小的手术。在战争年代，他是出生入死的随军记者，长期的行军生活与无情的炮火在他身上留下了一道道蜿蜒的印记；步入和平年代，他废寝忘食地继续坚守在新闻岗位，却先后两次罹患癌症，不仅切除了五分之四的胃，发声和吞咽功能也在手术中受损，体重暴跌至八十斤。

他的心灵，更是遍布伤痕。十九岁，他父母双亡；二十五岁，唯一的胞弟战死沙场；六十四岁，儿子英年早逝——子欲孝而亲不待、断失手足、白发人送黑发人的世间至恸，他全都经历了。

可这样一个身心不断遭受打击的人，却用一生的执着回馈着命运，将一生的热血献给了摄影事业：

他是解放战争中最早接受摄影培训的战士之一，是黑山阻击战的亲历者，他拍下的第10纵战士视死如归的影像至今仍悬挂于辽沈战役纪念馆中；

他是北平入城式上能够登上检阅台为首长拍照的特准随军

记者，用镜头见证了古都北平的和平解放，是第一个在《人民画刊》上一次性刊载了十余幅照片的摄影人；

他是两进朝鲜战场的勇士，亦是抗美援朝的烈属，是用血与泪为那场开国之战做注解的战地记者；

他是新中国第一个在国际摄影大赛上斩获金奖、被《人民日报》赞誉为“勇攀世界摄影高峰”的中国人；

他是第一个将长白山之美展现给世人的现代摄影家，是用艺术作品改变家乡和无数人生活面貌的宣传大使；

…………

从战争时期走向和平年代，行摄七十多年间，他有三千余幅新闻摄影作品在国内外主流刊物上发表，一千三百余幅作品在世界八十多个国家展出，即使年逾九十仍活跃在摄影工作的前线。在他的镜头下，一幅幅镌刻着时光坐标的作品点点相连，汇出了漫漫的历史长河。如果说每位老人都是一部历史书，那么郎琦定是让人又泪又笑的一部。这里书写着他的人生百态，也书写着中国的百年沧桑。

所以也就不难理解，为什么还有人说，这是个遍地摄影师的时代，却是个鲜见摄影大师的时代。

这样的说法或许过于悲观，却表达了对老一辈摄影人最崇高的敬意。

谨以此书，献给那些用鲜血创造历史的革命先烈，献给那些用生命记录历史的“无冕之王”。

目录

第三章　抗美援朝保家国

岂曰无衣，与子同袍！

第四章　硝烟散尽四季歌

走在和平的路上，连风都是甜的。

第五章　长白山的召唤

每个人的心中，都有一座用一生去攀登的大山。

第一章　国破家危

山河破碎的时候，没有一个孩子拥有童年。

1．泣血长白

1931年暮秋的一个深夜，长白山北麓的娘娘库似乎格外凄冷。

长白山，我国东北地区最高峰，松花江、鸭绿江、图们江三江之源，始见于两千多年前的文字记载，自古便被北方诸多游猎民族视作仙山。到了清朝，更是被爱新觉罗家族视作龙兴之地，康熙、雍正、乾隆、嘉庆都曾遥祭长白山神，并留有诗文。地处长白腹地的娘娘库，乃安图县设治之处，虽规模极小，但傍水依山，满族人倾注了满腔的爱与诗意，将这里称作大雁起落的地方。

可这样一处静美的桃花源，不仅在清末民初之时饱尝外患与匪患的苦难，眼下又即将堕入被殖民的深渊。

夜深了。长白山静默地望向这里，用绵延的臂弯拥起她的子民，隐隐的雪峰仿佛一夜愁白的发。从长白山天池倾泻而下的娘娘库河，也失去了平日的欢脱，不知卷携了多少人的眼泪，从城北呜咽着逃往松花江，不忍再做半点儿停留。

用元代卢挚的一句“天长雁影稀，月落山容瘦”来形容此时此景，似乎再合适不过了，只是这一次的秋日之殇，叫家仇国恨。

在一间仅有四十平方米左右、用黄泥垒就的茅草房里，一名年轻的满族女子紧紧搂着她的两个孩子，难以入眠。孩子一个四岁，另一个，只有两岁。已经破了洞的窗户纸，在萧瑟的秋风中，沙沙作响。

她从军的丈夫郎文焕已经好久没有回家了。听邻居说，日本人打进来了，日子要不好过了。

想到这里，女子将搂着孩子的臂膀又紧了紧，一抹苦笑在清冷的月光下爬上面庞。这一家四口，房无一间，地无一垄，仅靠丈夫微薄的军饷艰难度日，连眼下的这间泥草房，都是租借人家的。年轻的她似乎还无法想象，日子再不好过，还能不好到哪里去？直到十几年后，当她躺在冰冷的炕席上，在弥留之际回想自己凄苦短暂的一生，她才意识到，这夜过后的每一天，都已是余生最美好的一天。

和生活在旧社会的绝大多数女人一样，这位年轻的母亲勤劳贤淑，可目不识丁，连属于自己的名字都没有。但比起鲁迅先生笔下连姓都无人知晓也无人关心的祥林嫂，邻里乡亲尚且知道她姓张，都叫她郎张氏。她搂在怀中的那个两岁男孩儿，名叫郎魁珊，而稍大一些的哥哥，便是我们这本书的主人公——郎魁琦。

郎张氏的邻居说得没错，侵华战争爆发后，仅仅几个月的工夫，东北全境沦陷。1932年3月，狡猾的日本侵略者为了以战养战、以华制华，扶植早已逊位的清朝末代皇帝溥仪，在东北建立了伪满洲国傀儡政权，开始了对东北人民长达十四年的殖民统治。

郎魁琦就是在这样的环境中，跌跌撞撞地长大了。到了他上学的时候，学校原有的教学内容逐渐被废除了，取而代之的，是日伪的教学思想和方式。校园里挂起了"满洲国"和日本的国旗，教材中日本被美化成了不可分割的友邻亲邦。日语成为必修课，音乐课教起了他从未听过的日本歌曲，体育课也逐渐成了噩梦的代名词——这本是每个孩童，尤其是男孩子最喜欢的课程，本是可以摆脱让小脑袋瓜迷糊不已的加减乘除、去放飞自我的快乐时光，可来自体育老师残酷的体罚和辱骂，却成了课上司空见惯的事情。

然而最大的噩梦，还要数在走廊里被校领导拦住，因为他时常会通过学生了解老师上课的情况、家里父母的情况，还会问些诸如"你是谁"一类的问题——这在那个时候，可不是什么深奥有趣的哲学问题，而是一不小心就会惹上大麻烦的政治问题，所谓的标准答案是"我是满洲国人"。可不谙世事的小孩子们懂什么呢？能在一次次的责罚中摸索答案已经算是幸事了，要是祸及父母老师，使他们被扣上“反满抗日”的帽子，那这些大人们将免不了一场牢狱之灾。

灭人之国，必先去其史。显然，对物质的大肆洗劫并没有填满日寇无底的贪婪，他们将魔爪伸向了天真无邪的少年儿童，试图通过奴化教育，在精神上进一步摧残中国人的民族意识，让他们忘记自己的祖先、忘记自己的祖国、忘记自己是中国人。多少年后，张作霖第四子、张学良之弟张学思曾到南满一所中学堂和学生们聊天。他问台下的学生他们是什么人，台下异口同声的回答令人扼腕：“我们是满洲国人。”张学思再问“满洲国人”是什么人，学生们指着脚下的土地解释说，这里就是“满洲国”，这里的人就是“满洲国人”……

不幸中的万幸是，郎魁琦的父亲郎文焕，本是“东北王”张作霖麾下的一名连长。自从1928年日本关东军制造“皇姑屯事件”谋杀了张作霖、进一步暴露出侵占东北的狼子野心以来，郎文焕对日寇的仇恨即与日俱增，这便使得郎魁琦比其他小朋友更清楚脚下这片土地过去发生了什么，正在发生着什么，也即将会发生什么。“你是谁”这个问题，在郎魁琦的心底，始终有着清醒而坚定的答案。

但这份幸运，也让小小的郎魁琦变得心事重重。他比同龄人多了一分思考，也就多了一分忧虑，他所看的、所听到的、所感受到的，总是比别的孩子多了些许凄凉。多愁善感的特质，就是从这个时候逐渐注入他的心房，并伴随了他的一生。关于童年的家乡，郎魁琦至今无法忘记两个场景：一个是秋天时，草木皆黄，一个衣衫褴褛的女子带着一个脏兮兮的孩子在街边算命，用笛子吹奏着凄婉的《苏武牧羊》；另一个是在凛冬的夜晚，卖东西的小贩挎着木制的篮子，穿着乌拉鞋“咯吱咯吱”地踩在雪地上，哑着嗓子一遍遍叫卖着：“糖葫芦、瓜子、落花生……”

所以童年的夜晚，总是让心思敏感的郎魁琦感到恐惧。山区多狼，且常在夜里集群，此起彼伏的号叫伴着窗纸在冷风中的瑟瑟挣扎，在郎魁琦听来格外阴森。每当这个时候，他和弟弟郎魁珊就捂紧耳朵，将头深深地埋在被子之中。

可如果将头埋起，就真的可以远离这世间的残酷，那该有多好呢?

2. 飘摇人家

1938年的一天，从军的郎文焕没有任何征兆地突然回家了，更让人意外的是，他还给郎魁琦和郎魁珊各买了一套新衣服——做工精良的短裤、色彩明亮的跨栏背心。这在这户贫苦的人家里，真算得上是天大的稀罕事，因为这么好看又舒适的衣服，别说两个孩子没穿过，连摸都没摸过。

兄弟俩迫不及待地换上新衣，一溜烟儿冲出家门，在学校破败的操场上跑成了两道彩虹。他们恨不得让全世界的人都知道，他们有新衣服穿了，而且是如此漂亮的新衣服。刚刚十二岁的郎魁琦，彼时并不能理解父亲脸上笑容的复杂，在那双漾满笑意的双眼之中，有着无尽的慈爱，可似乎又有着一汪深不可测的混沌，难以捉摸。直到夜里，他听到了父母窃窃的对话。

"找不到人了。追了好几天。"

"一分都没了？"

"一分都没了。"

"那这日子以后可怎么过……"

"先想办法让孩子把书念完吧。"

…………

原来，因为军队整编，郎文焕被迫退伍了。既没有本钱经商，也没有土地耕种，这个家顿时失去了唯一的收入来源。想到幸好还有一些积蓄寄存在亲戚那里，郎文焕赶忙托最好的朋友将积蓄取回。奈何长夜难明，世风日下，这个朋友竟拿着钱跑了。郎文焕一路追到延吉，直到对方彻底跑没了影儿。没有人知道郎文焕在漫长的回家途中经受了多少煎熬，也没有人说得清他的失落和沮丧，究竟是来自家境的雪上加霜多一点，还是来自密友的背叛多一点。但显而易见的是，任何打击都不足以熄灭一位父亲在儿子身上倾注的脉脉温情和寄予的殷切希望，那两套新衣便是最好的证明。

自此，向着“让孩子把书念完”的目标，在种种开源节流的“办法”之下，郎家的日子过得更苦了。以前夜晚还能点油灯，如今只能点明子，靠松树中天然的油脂取火照明。每天早上醒来，一家人的鼻孔和嘴巴都被烟熏得黑黑的，郎魁琦兄弟俩就指着对方的脸笑得前仰后合，笑对方是“大花猫”。家里的这场变故虽然让本就贫苦的生活雪上加霜，却也让含蓄的爱变得更有力量。

为了帮家里减轻负担、改善伙食，郎魁琦常常带弟弟去娘娘库河捉鱼。娘娘库河发源于长白山主峰东麓，依城北由东向西流过，河水清澈见底，卵石光鲜可鉴，是这一带的母亲河。虽说两个孩子捉来的鱼最大不过半尺，但放些咸盐，简单腌制，然后在太阳下晒成鱼干，这在那个时候也算得是上等的美味了。如果运气好，在河中还会碰到另一种鲜美的宝贝：顶着水流翻找石头，那里就有可能藏着“淡水龙虾”——蝲蛄。现在的人常将它与小龙虾混为一谈，说起来，它们的模样虽极其相似，但生存条件迥异。蝲蛄对水质要求极高，只能在没有污染的山泉、溪水中存活；小龙虾则更善于“随遇而安”，在污泥中也能寻得见它们的踪迹。如今，野生蝲蛄在许多区域已几近灭绝，想在河里捉到它，几乎是不太可能的事情了。

除了带弟弟下河摸鱼，上山挖野菜也是郎魁琦童年中少有的快乐时光。每当兄弟俩采好满满一筐山野菜，便赖在柔软的山坡上不想回家。白山黑水，就是他们的乐园。在那个时候，远处的长白山总是一年四季地披着白雪，让兄弟俩大为不解，郎魁珊常常央求哥哥：

“哥，你什么时候能带我去那里看看，咱们去那里挖野菜。”

“那可去不了，远着呢。”

“那是有多远？”

“很远很远，在天边……”

对当时的郎魁琦来说，“天边”就是这个世界上最远的地方。他哪里知道，他捉到的鱼虾、挖下的野菜，正是那“天边”的恩泽；他更不知道，二十年后，他将踏进那座远在“天边”的大山，并再也不愿走出来。

1940年，郎魁琦在伪满国民优级学校读满了六年，顺利毕业了。可他刚读四年级的弟弟就没有那么幸运了，因为家里再也没有能力供他们继续读书。就在这一年，兄弟俩一同告别了校园。为了让两个孩子能拥有安身立命的一技之长，郎文焕将十四岁的郎魁琦送往龙井县兴隆照相馆做学徒，将十二岁的郎魁珊送到延吉学习修理手表。从小形影不离的兄弟俩就这样离开家乡，离开父母，离开彼此，迎来了人生中第一次艰难的别离。

3．学徒生活

只有三四十平方米的房间，摆上一台木头匣子般的照相机，装上几只摇摇欲坠的灯，再在墙角隔出一平方米左右的暗房，这便是一点儿也看不出兴隆之象的兴隆照相馆了。

可这一切，还是让刚刚走进这里的郎魁琦感到新奇，这是他第一次见识了“电”。当他好奇地在光亮的灯泡前左看右看的时候，他并不清楚，他走进的，将是一个比尚未通电的家乡更为灰暗的世界。

如今我们说到学徒培养，上有政策支持，下有校企助力，不仅在技术和就业上包教，包会，包分配，在师徒关系上也提倡民主平等、互尊互爱。可旧社会离家当学徒的孩子，悲苦的境遇可谓天壤之别。我们不妨先来看一份20世纪二三十年代，一名学徒的父亲与鞋铺掌柜签订的契约：

> 立字人××，因家贫人多，无法度日，情愿送子××到××鞋铺当学徒，四年为满。擦桌扫地，提水做饭，只许东家不用，不准本人不干。学徒期间，无身价报酬，学满之后，身价面议。如有违反铺规，任打任骂，私自逃走，罚米十石，投河奔井与掌柜无关。
>
> 空口无凭，立字为证。

这便是旧社会的“关书”，说好听了是学艺契约，其实比卖身契没好到哪儿去。在严重不平等的师徒关系中，旧社会的大多数学徒在得不到任何报酬的情况下，不仅要包揽擦桌扫地、提水做饭等家务活儿，还要任人训骂、愿打愿罚。有的地方干脆将“学徒期内不许留头发，不许学名称呼，只可小名听唤”“见到掌柜要垂手直立，听候教训，不许背手站着”等白纸黑字地写入铺规。若不是走投无路，哪个父母忍心将自己的骨肉推出家门，忍受这样的饥苦？可对生在那个年代的一些人来说，生活不过就是“活着”，能有个地方赏口饭吃，就该谢天谢地、感恩戴德了。

至于郎文焕当时签下了怎样的关书，郎魁琦并无所知。留在他记忆里的，只剩下父亲给掌柜奉上拜师礼时的卑躬含笑和离去时一步三回头的背影。

刚刚十四岁的郎魁琦，就这样开始了寄人篱下的学徒生活。

在很长一段时间里，那台“木头匣子”对郎魁琦来说，都是十分遥远而神秘的存在。每天从早到晚，郎魁琦做的都是诸如打扫卫生、烧炕种地的杂活儿、累活儿，能跟摄影沾上边儿的，顶多是接待顾客，或是跑跑腿给顾客送照片。那时候个人家里没有自来水，家家户户都要去镇上公共的取水处打水。洗漱、做饭得用水，冲洗照片也要用水，郎魁琦每天都要拎着水桶跑上好几趟。夏天倒还好说，一到冬天，每次接水都会将裤腿打湿，在滴水成冰的冬季冰凉彻骨不说，本来就破旧的裤子烂得更快了——那可是更生布啊，最怕水洗。伪满时期的更生布，可不是如今说的什么高档环保的再生布料，而是用废棉絮、旧衣服等破烂纤维重新纺织的一种粗布，既粗糙又不耐穿，抻一下就破，遇了水就缩。作家曲波曾在《林海雪原》中用“像是雨涮过的窗户纸”来形容更生布做的衣服，可见这料子有多么粗劣。正值日寇疯狂掠夺东北资源的时期，棉农收获的棉花必须上缴，实行统制，普通老百姓没得选，只能穿这个。

没得选的还有食物。在伪满洲国内的非日本平民，是禁止食用大米白面的，法律明确规定，细粮只供给“优秀”的大和民族，粗粮供给“劣等”的中国人，如有违反，将以“经济犯”论处。所以一日三餐，郎魁琦吃的都是高粱米粥。那一时期，连豆腐都是要配给的，能吃一次豆腐都算是改善伙食了。

“你知道伪满时期，冬天最吸引人的是什么吗？”

郎魁琦在这个时期所经受的饥苦，无疑是刻入骨髓的，以至于在七十几年后，当他再回忆起这段时光，面对笔者问了这样一个问题。我思考了一会儿，以为会是春节时与家人的团圆，可他笑着摇摇头，说：“春节哪能回家啊，四年没回家。”接着，这位老人闭上眼睛，像陶醉在一股香气之中，然后缓缓告诉我：“这最吸引人的呀，是烤地瓜。街里有卖的，闻着特别香……”

毫无疑问，当时的郎魁琦面对这最吸引他的香气，也只能闻闻而已了。多少个夜晚，劳作了一整天的他瘫在破烂的炕席上，饿得辗转难眠。每天当牛做马，三餐高粱米粥，时间长了，换谁也顶不住啊，何况是个正在长身体的十几岁的孩子。

终于有一天，郎魁琦忍不住给家里写了一封信，将万端苦楚倾吐给了这世间最疼爱他的那个人。不久后，郎张氏便从二百公里外托人捎给郎魁琦一个包裹。那是一个装满了苞米面片的包裹，将一位母亲看到来信后的心疼与心酸、无力与尽力展露无遗——为了让她挂念的孩子少经受几个嗷嗷无告的长夜，郎张氏将苞米面团切成薄片，贴在锅上烘干，这样便不易腐坏，可以多存放些时日。郎魁琦将这包面片像宝贝一样放好，饿到实在难挨才舍得吃一点儿。那个时候，照相馆还有一名与郎魁琦年龄相仿的学徒，二人住在同一铺炕上。比起郎魁琦，他的境地还要更难过些，不仅要给师傅洗脚，还要清洗夜壶。郎魁琦从未听他说起过自己的家人，有时见他饿得可怜，便将本就不多的面片分给他一块。关于“同情”这门课程，郎魁琦没有过老师，但他却早早地在艰难困苦中，激发了这一人类的本能，并在同病相怜中懂得了分享的意义。

都说少年时期是人生的春天，与少年联结在一起的，往往是“纯真”“烂漫”“无邪”等美好的字眼儿。可在那个年代，年少的郎魁琦，还有无数个如郎魁琦一样的孩子，都过着无比艰苦的生活，他们脚下的国土被侵略者践踏，他们忍饥挨饿，缺衣短穿，他们的人生四季如冬，春天仿佛从来没有来过。在那个年代，人们的平均预期寿命不过三十几岁。[①]

郎魁琦就这么做了一年多的杂物活儿，才有机会跟师傅接触真正的摄影工作。但俗话说“教会徒弟，饿死师傅”，在旧社会，能够对学徒倾囊相授的师傅凤毛麟角，绝大多数都是藏着掖着，生怕学徒出师抢了自己的饭碗。师傅不教，便只能“偷”。所以当大部分学徒受缚于身体的劳役，直到学徒期满也学不到什么真东西的时候，还有一部分求知若渴的学徒选择偷师自学——郎魁琦就是其中之一，尽管这种行为在当时颇受诟病。

郎魁琦深知父母在什么情况下坚持供自己读完了小学，深知只有知识和技能才能改变命运，他凭借多听、多看、多干，凭借勤奋、悟性和聪敏，将十几道工序的基本操作一一揣摩通透。从拍摄到冲洗，从感光、漂水到晾干、裁切，摄影的魅力在他碎片化的摸索中逐渐被拼凑清晰，也激发了他最初的审美意识。

在辛苦的工作中，郎魁琦最盼望的，是每年的毕业季。因为每到学生毕业的时节，照相馆就会下乡给学生们拍毕业照，郎魁琦便能在这个时候重返校园，仿佛回到了读书的旧时光。

---

① 据倪江林《我国人口寿命研究》一文结论，《中国卫生统计》，1985年3月2日。

⊙ 十七岁的郎魁琦 1943年

将一张张青春面庞带回暗房后，郎魁琦总是格外精心，用铅笔在玻璃底版上涂涂改改，修补缺陷，一修就是几个小时。虽然这项修版工作十分耗费眼力，严重影响了郎魁琦的视力，可每当他把精修后的照片交到老师和学生们的手中，那些喜出望外还带着感激和赞赏的笑脸，总会瞬间抚去他的疲惫。

因为聪敏好学、勤劳能干，到了1943年，十七岁的郎魁琦已深得师傅的信任和喜欢。在一个秋日，师傅在兴隆照相馆为他拍下了他人生中的第一张照片。当时郎魁琦自己的衣服已打满了补丁，师傅还将儿子的衣帽借给了他。照片上的郎魁琦，若有所思地望向远方，仿佛在望向自己的未来。

4. 失去双亲

1944年，学徒期满的郎魁琦、郎魁珊兄弟俩回到了家乡。已经四年过去了，这个飘摇的贫苦人家竟没有丝毫变化，如果非要说有什么不一样的话，那便是父亲和母亲的状态看上去似乎更糟糕了。

因为当时手表在安图[①]还过于稀罕，能戴得起的人寥寥无几，所以回家后的郎魁珊一时找不到合适的工作，只能闲在家里；郎魁琦则相对幸运一些，父亲的一位名叫姜显庭的老友刚好在镇上新开了一家照相馆，便将他招入打工。

虽然这家照相馆是崭新的，可它的简陋程度比兴隆更甚：摄影棚是木头板盖的也就罢了，作为一家照相馆，竟然没有灯！因为此时镇上依然没有通电，这家照相馆只能在棚顶镶上几块透明的玻璃，以便自然采光。但这些，并没有什么关系，对郎魁琦来说，还有什么比重获自由、比回到家乡跟至亲至爱的人重新生活在一起更幸福呢？

1945年8月，传遍小镇的另一个消息，更是让郎魁琦获得了真正意义上的自由——中国人民长达十四年的艰苦抗战终于胜利了，日本人投降了，伪满洲国垮台了！父亲在多少年前就偷偷讲给自己的预言，果然成真了！

---

① 此时的娘娘库已更名为松江镇，隶属安图县。

郎魁琦庆祝的方式，现在看来不禁令人哑然失笑，向来节俭的他破例给自己添置了一个大件儿——一双新“皮”鞋。之所以要加上引号，是因为那时候哪买得上真正的皮鞋，那鞋连底子都是用纸壳糊的，穿坏了，就换新纸壳垫上。但郎魁琦穿着这双新鞋，在镇上游来逛去，很有种当年跟弟弟穿着新衣服奔来跑去的得意。他一边走着，一边在心里默默打起了算盘：日本鬼子终于走了，在照相馆的工作也基本稳定了，等弟弟也找到工作，一家人慢慢就能过上好日子了……

可生活从来没有剧本。就在这个大男孩准备迎接他迟来的

十六岁的郎魁珊 1944年

⊙ 父亲郎文焕 1945年

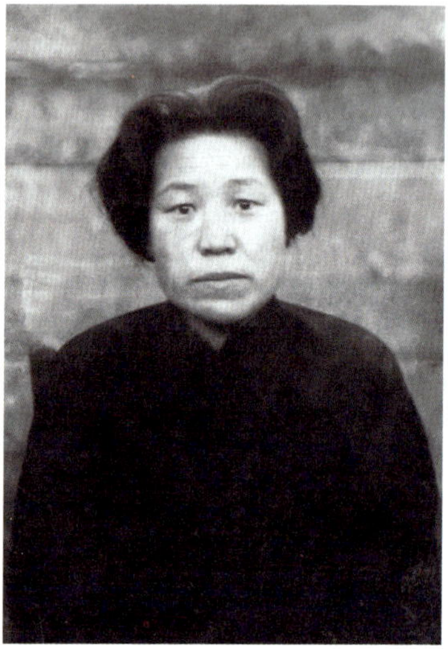

⊙ 母亲郎张氏 1945年

春天时，一场暴风雪又笼罩了他的世界——父母相继染上了重疾，高烧不退，刚攒下的一点儿积蓄再次倾尽，却依然没能换来死神的慈悲。仅一个月的时间，两个刚刚十几岁的男孩儿便失去了双亲，彻底成了没有依靠的孤儿！

郎张氏病重期间，郎魁琦曾将母亲带到了自己工作的照相馆，要为她亲手拍摄一张照片。看着儿子娴熟地摆弄着相机，有了能够安家立业的本事，宽慰之情抚上了郎张氏那颗破碎的心，了却了她心中的牵挂。可郎魁琦却再也无法从母亲无边的慈爱中走出来——镜头中的母亲面庞浮肿，异常憔悴，额上爬满了皱纹，却依旧在对着自己努力微笑着。当学徒时给家里写信的往事，重新涌上郎魁琦的心头，一下一下答打着他的心：

小时候怎么那么不懂事，家里也没有吃的，何必要把自己的苦告诉母亲呢？那么多苞米面片是怎么攒下来的啊？都给自己了，她和父亲吃什么呢？如果他们能吃得饱一点儿，是不是就不会这么容易生病了？……郎魁琦就这样胡思乱想着，含着眼泪按下了快门，为母亲拍下了她人生中唯一一张照片。那段让郎魁琦自责不已的往事，终其一生都未能让他释怀。

父母双双离世后，郎魁琦兄弟俩无力续租之前的房子，陷入了无家可归的境地。这时，残酷的命运终于难得地显露了一丝恻隐之心：郎文焕生前的一位好友见两个孤苦无依的孩子可怜，便将自家一间十平方米的小屋免费借给他们居住。从此，兄弟二人开始了相依为命的生活，挤同一铺冷炕，喝同一锅陈粥——无滋无味的苞米馇子煮上一次，连吃好几天。

这样晦暗无光的日子，一直持续到1946年2月。要不是人们开始张灯结彩，郎魁琦甚至没有意识到，马上就要过年了。这是抗日战争胜利后的第一个春节，家家户户都沉浸在喜悦之中，可两个半大小子的团圆饭，却是一点都不团圆。

年后不久，小镇上突然来了几个新面孔。其中一个男人，格外吸引郎魁琦的注意。

这个男人就借住在照相馆附近，郎魁琦每天上班都能看见他。他着一身制服，目光坚毅，说起话来却颇为亲和。乡亲邻里见到他的时候全都满面春风，亲切地叫他“赵参谋”。

他是什么人呢？郎魁琦在心中画过无数次的问号。

“小伙子，你叫什么名字？” 一日午后，当郎魁琦不禁又一次对他表示好奇的时候，这位赵参谋竟走进了照相馆，“先发制人”。

“我，我叫郎魁琦。”郎魁琦显然是吓了一跳，意外极了。

“嗬，郎——满洲八大姓啊，你是满族人？今年多大啦？”

“你怎么知道？我二十了。”

“呵呵，多好的年纪。你是哪儿的人？家在哪儿呀？”

“我……我就是这儿的人，但我没有家……”

…………

郎魁琦在学校挨打的时候没有哭过，在学徒期间吃尽苦头的时候没有哭过，与弟弟孤苦相依的时候没有哭过，但在这个时候，他哭了。自父母离世后，已经很久没有人像今天这样，用这样关心的语气和他说话了。

一场漫长的对话在这两个陌生人之间展开了，一扇开启郎魁琦新世界的大门也缓缓拉开。原来这个赵参谋是八路军，是来解放安图的，他不仅深入了解了郎魁琦的情况，还给他讲了二万五千里长征，讲了艰苦卓绝的全民族抗战，讲了一段段荡气回肠的报国故事，其中杨靖宇将军在冰天雪地中英勇就义的故事最让郎魁琦动容：

“……在抗联最艰难的时候，杨靖宇将军始终坚持游击作战，可身边的人剩得越来越少，最后他被鬼子围困在了深山雪林里。都说他一个人与鬼子周旋了好几天，将最后一颗子弹留给了自己……[1]现在你知道我们为什么要叫‘杨靖宇支队’了吧，就是为了纪念他啊！”已是夕阳西下，落日余晖漫入小小的照相馆，一片金黄。

赵参谋顿了顿，继续说道：“抗战虽然结束了，但重建家园还有很长一段路要走。郎魁琦，不如你跟我从军吧！”

① 杨靖宇将军“自杀殉国说”曾流传多年，后来随着部分日伪档案的公开，杨靖宇将军牺牲的细节才得以还原。他因为叛徒的出卖被困山中，在没有支援的情况下孤身与敌人周旋了五个昼夜，最终壮烈牺牲。敌人将其割头剖腹，发现他胃中没有一粒粮食，尽是草根、树皮和棉絮。

第二章　命运的抉择

对于一颗漂泊的心，家园是最温情的远方。

1．踏上革命之路

“没有永恒的朋友，也没有永恒的敌人，只有永恒的利益。”这句出自英国政治家亨利·约翰·坦普尔的经典名言，道尽了国家利益的本质，相信每位读者对它都不陌生。

诚如迪斯雷利所言，抗日战争时期，当民族陷入危亡的关头，国共两党本着“兄弟阋于墙，外御其侮”的民族大义，通过一致对外的合作，成功驱逐了外寇，收复了国土；可抗日战争胜利后，两党本质上的差异，又注定使合作走向破裂。由于国民党意图窃取抗战胜利果实，国共两党展开了新一轮的较量。两股力量，代表着两种前途、两种命运，是的，重建家园，还有太长一段路要走。

在这条路上，最终郎魁琦为自己、为国家的前途和命运，做出了他的选择——1946年2月底，刚刚二十岁的他带上十八岁的弟弟郎魁珊，跟随赵参谋来到了通化。

在当时，国共两党都最先将争夺的焦点对准了拥有丰富资源和健全工业体系的东北地区。而当时的通化，已成为我军在东北物资储备、军工生产、训练部队、培养干部的综合后方基地。在中共中央给东北局的批示中，通化被形容为“汉高祖之汉中”，甚至有洋人将其视作共产党的第二个延安。

在通化司令部，郎魁琦正式参加了东北民主联军杨靖宇支队，开始了他的军旅生涯。

与郎魁琦一同参军的，除了他的胞弟郎魁珊，还要特别提到一名原在安图县医院做护理工作的女子，她便是郎魁琦后来的妻子——关静。关家本是不同意二人交往的，但救国救民的共同志愿，让两个年轻的革命战士突破了父权意识的藩篱，终于结成连理。一边是爱人，一边是胞弟，这条革命的道路，可以说郎魁琦走得义无反顾，了无牵挂。

作为一名新兵，步入军营后，郎魁琦最先要学习的，就是每个战士都要恪守的“三大纪律”和“八项注意”[①]。就像《字母歌》可以帮助英文初学者记忆二十六个英文字母一样，部队里也有一首旋律简单、朗朗上口的歌，可以帮助新兵牢记

① 中国人民解放军的“三大纪律”和“八项注意”实行多年，但其内容各地各军略有出入。1947年时统一为：一切行动听指挥，不拿群众一针一线，一切缴获要归公（三大纪律）；说话和气，买卖公平，借东西要还，损坏东西要赔，不打人骂人，不损坏庄稼，不调戏妇女，不虐待俘虏（八项注意）。

革命纪律：

> 革命军人个个要牢记/三大纪律八项注意/第一一切行动听指挥/步调一致才能得胜利/第二不拿群众一针线/群众对我拥护又喜欢/第三一切缴获要归公/努力减轻人民的负担……革命纪律条条要记清/人民战士处处爱人民/保卫祖国永远向前进……

除此之外，不同旋律的军号新兵也要一一牢记在心。军营里的每一天，都是在早上六点的起床号中开始，在晚上九点的熄灯号中结束的——起床号响起，再累再困也要立即起床，跑步出操；熄灯号响起，哪怕没有丝毫的睡意，也要迅速关灯，躺到床板上。军号就是命令，一天之中，无论是出操、收操，还是集合、开饭，所有的学习、训练、工作和生活，都要听军号指挥，不容一丝怠慢。

与其他号音相比，开饭号就显得尤为动听，虽然在艰苦的岁月里，每天吃的不过是寡淡无味的高粱米、苞米等粗粮。都是年轻的大小伙子，说一点儿不馋是假的。所以每个战士最盼望的日子要数星期六，因为那是每周改善伙食的日子，意味着在这一天不光可以吃上大米饭，还有肉可以吃，虽然肥多瘦少，但蚊子再小也是肉啊！每当这一天的开饭号响起，大伙儿的情绪总是格外高涨，一边拉歌一边等着开饭。有时馋得厉

⊙ 郎魁琦与关静 1946年通化司令部

害，郎魁琦也有自己解馋的方法，那就是搞些干辣椒来炒，虽然燥辣入髓，但嘴里总算是有了些滋味；可吃完之后就不那么好受了，用郎魁琦玩笑的话说叫“两头遭罪”。又或者，狠下心到街边买上一碗馄饨，热气腾腾的馄饨滴溜溜地滑过舌尖，那无与伦比的满足感足以充盈味蕾的全部渴望，也足以让他记怀一生——几十年后，即使他可以在北京的中华老字号吃最有名的馄饨，也吃不出当年的味道了。

入伍之初，郎魁琦和弟弟都在杨靖宇支队的宣传队，主要做些文艺宣传工作。郎魁琦从小就喜欢音乐，歌唱得好，学得也快；学会了，就教别人唱，然后带着队伍拉歌。在部队，拉歌的学问可大了，战士们拉的不是歌，拉的是革命情谊，是革命士气。一个个与其说在“唱”，不如说在“吼”。在排山倒海的音浪中，再腼腆、再五音不全的人，也会激情澎湃；再苦再累，都会血脉偾张。

五月的鲜花，开遍了原野，鲜花掩盖着志士的鲜血。为了挽救这垂危的民族，他们正顽强地抗战不歇……再也忍不住这满腔的愤怒，我们期待着这一声怒吼，怒吼惊起这不幸的一群，被压迫者一起挥动拳头……（《五月的鲜花》）

解放区的天是明朗的天，解放区的人民好喜欢，民主政府爱人民呀，共产党的恩情说不完……（《解放区的天》）

…………

在严肃又活泼、规律又紧张的军旅生活中，郎琦很快就和战友们打成了一片。也是在这个时候，因为大家常说“郎魁琦”三个字拗口，郎魁琦遂将自己的名字简化为“郎琦”，有时也写作“郎奇”或是“郎琪”——命名这件事，自古便重取义、重内涵，现在的人更是讲究得很，批八字，看五行，三才五格，缺一不可，仿佛差一字便能误了终身。战争年代可顾不上那些，名字不过是个代号而已。

因为当时知识分子比较少，郎琦兄弟俩念过几年书，不久，郎琦留在司令部做起文化教员，弟弟郎魁珊则被调到三团做文化教员。文化教员属于排级干部，相当于指导员的助手，主要工作是协助管理“五大员”——司号员、警卫员、炊事员、通信员和饲养员。

在此期间，郎琦在宣传科见到了几个特别的木箱，里面除了洋表华裘、玉石珠宝，还有朱砂墨锭、古籍书画。穷小子出身的他，哪见过这阵仗？一问才知，这些宝贝是伪满政权瓦解时，从窜逃的溥仪家眷那里截获的。再往源头追问，它们大多竟是紫禁城里珍藏的旷世珍宝！

原来，1912年清帝逊位后，帝制虽然被废除，但皇帝溥仪、后妃及原来的太监和执事人员等，仍然居住在皇宫里。腐败的逊清小朝廷在紫禁城的时候，不仅宫人监守自盗，溥仪也堂而皇之地典当家产。后来他更是通过其弟溥杰、溥佳暗中向宫外盗运宋、元、明版书籍约二百余种，唐、宋、元、明、清五朝字画一千余件。[①]至他被彻底逐出紫禁城的时候，又以私人财产的名义带走大量文物。可惜了这些被盗运而出的国宝，后来在溥仪的颠沛流离中，大多落得流散损毁的命运，宣传科的这几箱，不过是幸存的一小部分。

---

① 向斯《溥仪和溥杰盗运故宫国宝概述》，《溥仪研究》，2013年第1期。

彼时，面对箱中的琳琅缥缃，刚刚二十岁的郎琦只觉这眼前灿若星辰，却并不能完全理解它们所承载的意义。当漫长的岁月让他一点点沉淀，后来的他才在恍如隔世中闻得那遥远的哭声。“败家啊，溥仪败家啊！”每当忆及此事，郎琦都痛心疾首。

伪满洲国留给郎琦的记忆，无一不是灰色的，但他对日本人的感情，却是复杂的。在通化的街头，郎琦时常能看见有日本妇女挎着篮子，在叫卖一种叫作“毛叽”的自制点心，艰难谋生，有的甚至带着还在蹒跚学步的孩子。她们的丈夫或已经葬送在自己国家发动的战争之中，或在战败后丢下她们自顾自地逃回国内了，迷茫悲观的她们面对遣返，大多选择留在中国。在残酷的战争面前，这些女人和孩子又何尝不是牺牲品呢？郎琦常常对她们生出超越国别的同情，常常能想起自己的母亲，想起自己清苦的童年。这种同情无关政治选择，更多的，是来自人道的良知，他相信，全世界的母亲，都痛恨战争。

为了广泛发动群众，依靠人民的力量建立巩固的革命根据地，当上文化教员后不久，郎琦便随工作队来到通化地区的红土崖，开展群众工作，进行土地改革。

1946年初的东北，土匪活动还非常猖獗，烧杀抢掠，无恶不作，百姓苦不堪言。工作队所到之处，一面帮助群众剿匪除霸，一面开展“二五减租”。3月的东北大地，寒风瑟瑟，但改革动员会的现场却热闹非常，写在墙上“团结起来”的标语分外醒目。老百姓有的倚在墙边全神贯注地聆听，有的三五成群讨论着土地改革政策，有的干脆跟全副武装的战士挤坐在一起……郎琦举起一台刚刚缴获的日式相机，娴熟地按下快门，定格了这军民一心的场面。

后来郎琦将这张照片带回了通化司令部，不仅鼓舞了士气，他会摄影的消息也因此传开了。战争年代，部队里的相机大多是通过敌占区的地下党组织购买的，或是从敌方缴获的，属于高端的稀罕之物，不是谁都会用的。所以这一次小小的拍摄，成为郎琦后来改变命运的重要伏笔。

1946年6月26日，国民党军进攻中原解放区，标志着全面

⊙ 土地改革动员会现场 1946年 红土崖

内战的爆发，解放战争正式打响了。不久，郎琦所在的杨靖宇支队编入南满独立二师。

2. 逆袭！以人民的力量

1946年10月，国民党军队开始向东北南部大举进攻。复杂的形势下，郎琦随部队从通化撤离，向中朝边境的临江地区转移。

移兵途中，一件出人意料的事情发生了：在已经投向我方四个多月的国民党184师中，竟有一个团发动了叛乱！杨靖宇支队与叛逃而去的一千多人，在临江林子头进行了三天三夜的激烈交战，最终抓获了大量俘虏。

说到对俘虏的处理，解放战争时期，我军对放下枪的国民党官兵，实行的是“不杀不辱，愿留者收容，愿去者遣送”的优俘政策，愿意留下的补入兵源，不愿意的则发放路费，遣散回家。被司令部派来管理这批俘虏的，除了警卫连，便是文化教员郎琦。

郎琦赶到后，当务之急，是要先解决这一千多人的吃饭问题。三个昼夜水米未进，把人都熬成了鬼。郎琦找来一批苞米粒，也来不及深加工，第一时间将原粒制熟。只见一个个国民党官兵饿得顾不上许多，直接摘下帽子当碗，折根树枝就当筷子，有的干脆直接上手抓。其间，还有一位老大娘颤颤巍巍地找到郎琦“告状”：

“同志啊，他们、他们把我晒在外面的东西，全都偷吃了！”

“大娘，先别着急。他们吃您什么了？”

“白菜叶子！晒在外面的干白菜叶子！全都吃了！”

看着眼前狼吞虎咽的官兵，郎琦安慰着老大娘，不禁思绪万千。国民党184师在四个多月前起义时，师长潘朔端发布的起义通电①尚言犹在耳，电云：“身为中国人，用美国武器进行内战，残杀自己同胞，朔端等每念及此，莫不悲愤填膺。……俯念东北沦亡十四载，人民已血肉枯竭，复何忍大动干戈，杀人遍野？……因此朔端等思之再三，乃于海城火线上实行反内战起义，决心与民主联军合作到底，不再执行兄弟自残之乱命……”其言之深、意之切，让郎琦每每想起都感怀不已。这支自我军进入东北以来，首个成建制地投向我方的国民党部队，被我军拉至通化进行整训的四个多月里，无论是吃的、穿的，还是日常用的，我军都给予了特殊照顾，甚至比我军的老部队都讲究得多，可为什么还是有人叛变？不惜落得这样的下场？

---

① 1946年5月，东北民主联军逼近海城一线，国民党184师师长潘朔端顺势宣布起义，史称“海城起义”。

在接下来与俘虏谈话的过程中，郎琦意识到，184师当初在海城的起义，更像是被包围下被迫做出的选择，许多起义军官并没有从根本上改变立场。面对种种优待，他们反而愈发骄横，挑三拣四。所以，当我军放弃通化进行转移，这些人认为共产党大势已去，便又想着拉起队伍回国民党那里去。正所谓“一把小米养恩人，一担小米养仇人”，想要改造旧军队，如果没有彻底打通思想，单靠优待笼络的方式实际上是行不通的。这一国民党部队起义再叛变的事件，给予我军深刻的教训，对如何更有效地改造国民党俘虏的探索工作，也从这时起步了。

革命同志是块砖，哪里需要哪里搬。圆满完成管理俘虏的任务后不久，郎琦又受命接下另一个艰巨的任务。

此时已是11月中旬，东北的天气已相当寒冷，在国民党军队的步步紧逼下，我军的南满根据地被不断压缩至临江、长白、抚松、靖宇四县的狭长地带。后方的同志想要奔赴前线，势必要在中途休息和吃饭，可此时部队缺少物资接济，吃住十分困难。为此，司令部派出通信科科长袁德明，要求他带上一名警卫员、一名饲养员、一名文化教员——也就是郎琦，立即在临江建起招待所。

有条件要上，没条件创造条件也要上。谁也没想到，仅两天的工夫，郎琦用一支粉笔，一张嘴，就把“招待所”建起来了。

这是个什么样的“招待所”呢？这是一户户老百姓用自己家的热炕头，拼凑出来的“招待所”。

因为东北的冬天漫长而寒冷，在没有楼房和取暖设备的过去，老百姓在平房里睡的都是火坑。房子窄小的，居室里一般搭一铺炕；房子稍微宽敞点的，搭的便是南北两铺“对面炕”，这既有利于室内取暖，也方便一家老少的居住。在这种背景下，郎琦挨家挨户地上门动员，然后根据每家的实际情况，用粉笔在门上标注可住人数。比如，张三家的对面炕可以住五个人，那就在门口写上“可住五人”；李四家虽然小点儿，但热情的老乡坚持要他们住到家里挤一铺炕，那就在门口写上“可住两人”……住进老百姓家里的战士，心里暖得跟炕头一样热。

能够得到老百姓这样的支持，与广泛开展的群众工作分不开，更因为每一位战士都恪守群众纪律，真正做到秋毫无犯。战士所到之处，不仅帮百姓挑水、扫院，走的时候，还个个把家里收拾得比之前还要干净。

如今，在辽沈战役纪念馆中，收藏着一张已经发黄的报纸，是当年部队内部交流学习的手抄报，其中有一篇题为《这也叫破坏纪律》的通讯这样写道：“九大队通讯员包玉林在路上遇见一个六十六岁的老先生，他问人家路，问这里，又问那里，最后问得老头不知道，就说老头白活这样大。我想，不尊重老人，也叫破坏纪律。”这篇不足一百个字的小文简短而朴素，却清楚地为我们描绘出了那一时期东北民主联军自察自省、军纪严明、尊重和团结群众的形象。

在老百姓的支持下，住宿问题解决后，郎琦便开始为“招待所”增加人手。见一走一过的小战士有点儿文化，郎琦就将他留下来做文职，负责诸如登记的工作；见有人会些做饭的手艺，郎琦就将他留下来做炊事员，萝卜条咸菜、萝卜条汤，就上苞米面锅贴，再配上大白菜，就是那时的伙食了。

就这样，在战时的特殊环境下，郎琦凭借他的灵活和机敏，在前后方之间迅速建立了中转站，圆满完成了任务。在此期间，郎琦也再次感受到，正义的战争，力量就蕴藏在人民群众之中。解放战争是群众的战争，我军坚实的后勤部，就是千千万万的老百姓。

就是在这一年冬天，我军依托极其狭小的根据地，在极其艰苦的条件下，经过一百零八天的浴血奋战，先后四次打退了国民党十万军队的大规模进犯，取得了四保临江战役的伟大胜利。自此，东北的国民党军彻底丧失了战略进攻能力，而我军则从战略防御转入了战略反攻，为东北战场即将开始的全面大反攻奠定了坚实的基础。此后，郎琦的爱人关静因为得了大骨节病行走不便，转入地方卫生所做医护工作，郎琦也调入安图县政府做起了管理员。可没过多久，郎琦就厌倦了这样的生活，人民解放战争尚未成功，堂堂七尺男儿安能在后方自求安稳？很快，他便告别了家人，再次回到了戎马倥偬的战场。

不久，东北民主联军经过整编，改纵队为编制。郎琦被编入第10纵队，弟弟郎魁珊则去了第3纵队。自此，郎琦和他在这个世上最亲密的两个人，天各一方。

3．摄影培训班

如果说1946年的那个春天，赵参谋的出现让郎琦的生命嵌入了一道曙光；那么1948年的春天，则彻底点亮了郎琦的未来。

已是解放战争开始后的第三个年头。继1947年夏季攻势和秋季攻势之后，东北民主联军对国民党军队发动的冬季攻势也进入了尾声，东北战场的形势已发生了根本性的变化。此时郎琦所在的部队刚刚解放了枢纽要道新开原，完成了冬季攻势最重要的一仗，正驻在昌图县。各部队开始进行休整，准备迎接解放东北的大决战。

此时，东北民主联军已改编为东北人民解放军东北军区兼东北野战军。为了充分发挥摄影工作者激励士气的战斗力量，同时为未来摄影的发展预备人才，东北军区委托东北画报社举办摄影培训班，要在辖下各纵队抽调五十二名连、排级干部到哈尔滨学习摄影，学期三个月。

要知道，当时的《东北画报》集中了全国解放区最优秀的摄影、美术设计、文学编辑等专业人才，可谓名家荟萃、人才济济，是全国解放区最受欢迎、争相阅读的画报，许多连队指导员甚至把“努力作战，争取上画报”作为战斗动员的口号。要是能去那里进修，一睹名家风采，该是多么荣幸的一件事啊！

而时任解放军10纵30师文化教员的郎琦，正是因着在照相馆做过四年学徒的经历，因着拍下过通化土改的瞬间，被选中成为这五十二个幸运儿之一。

——人生没有白走的路，每一步都算数。

早春三月，东北的大地春寒料峭。因为此时长春、吉林地区都属于国民党统治区，郎琦几经辗转，终于绕行至哈尔滨。

哈尔滨，是一座有故事的城市，看看这里街路的名称，便能知晓这座城市的风骨：尚志大街，是为了纪念忍辱负重、坚贞不屈的爱国将领赵尚志；靖宇大街，毫无疑问，与杨靖宇支队一样，是为了纪念妇孺皆知的杨靖宇将军；一曼街的名字，取自承受了日军几十种酷刑仍宁死不屈的巾帼英雄赵一曼……而东北画报社的大楼，就坐落在兆麟街兆麟公园的对面——“兆麟”二字，来自被国民党特务设计杀害的抗日英雄李兆麟。

作为全国解放最早的大城市，当时有大量的名人志士都云集在哈尔滨。摄影培训班开班这一天，东北画报社的大楼堪称“星光大道”，让郎琦颇受震撼。

⊙ 郎琦在摄影培训班学习期间 1948年 黑龙江哈尔滨

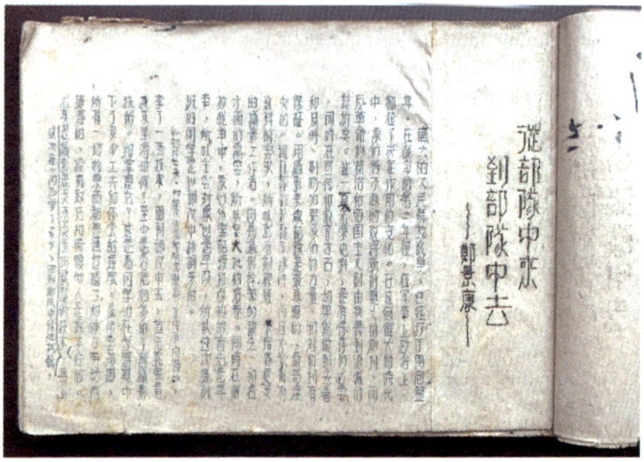

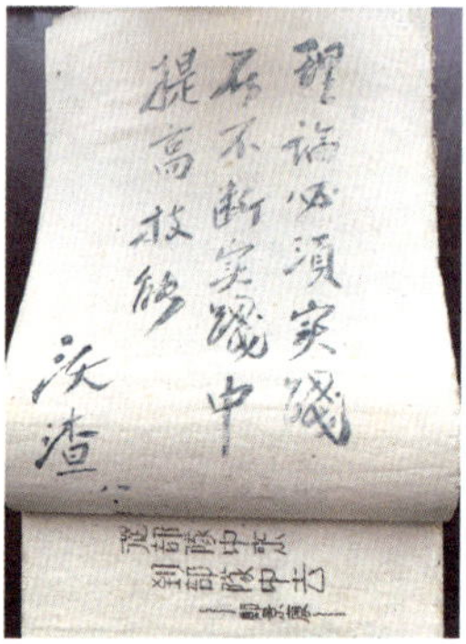

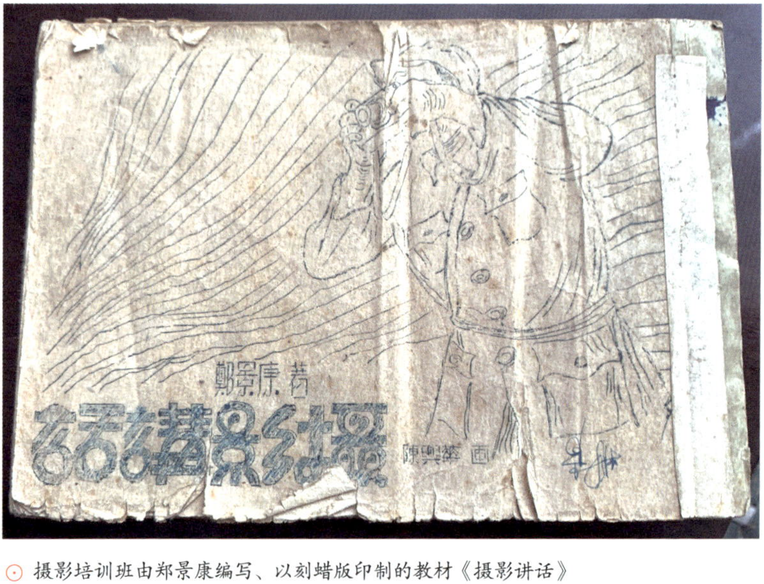

摄影培训班由郑景康编写、以刻蜡版印制的教材《摄影讲话》

我们来看看培训班强大的教师阵容：

班主任陈正清——《东北画报》摄影干将，正是他后来在1949年10月1日拍下了传世之作《开国大典》。

讲美学的老师是著名画家张仃，时任《东北画报》总编辑。抗日战争期间，曾投身抗日宣传队，以漫画为武器宣传抗日。开国大典后，成为我国国徽的主要设计者之一。

讲文学创作、新闻报道的，有著名的随军记者刘白羽、西虹，有《东北日报》编委沙英——他后来成为人民日报出版社的社长。

摄影主课教员，更是鼎鼎大名的郑景康。他是延安文艺座谈会期间，被毛主席邀请参会的摄影界代表。1944年，他为毛主席拍摄了一幅肖像，这幅题为《毛主席在延安》的照片被广泛印刷，成为毛主席的第一张标准像。1945年8月，他更是在延安机场拍下了具有划时代意义的《挥手之间》，定格了心系天下、即将赴重庆和平谈判的毛主席站在飞机舱口向送行的人群挥帽致意的经典瞬间。

此外，《东北画报》社长罗光达、画家华君武等都为培训班上过课。这些老师，个个兼具艺术家和革命家的双重身份，正应了徐悲鸿的那句话："艺术家即是革命家，救国不论用什么样的方式，苟能提高文化，改造社会，就充实国力了。"

在那个没有电脑打印和复印机技术的年代，培训班上的课程大多是没有讲义的，主要靠学员们在听讲过程中自行记录，然后利用自习时间相互对笔记。但在郑景康的课上却有一本简易的刻蜡版教材，郎琦保留至今。

这本教材名为《摄影讲话》，由郑景康亲自编写，然后靠人工用铁笔一笔一画地刻在蜡版上，再用油印机印制而成。封面是一位手握相机的军人画像，点明了此次培训的性质和意义——从部队中来，到部队中去。小小的一本教材，比巴掌大不了多少，内容却极其丰富，从什么是摄影、为什么要学习摄影等理论知识，讲到如何拍照片、如何拍出好照片的实践经验。这些，都是郎琦在四年学徒期间，闻所未闻的。

在教材的开篇，不仅摘有毛主席在延安文艺座谈会上的讲话，“一切革命的文学家艺术家只有联系群众，表现群众，把自己当作群众的忠实代言人，他们的工作才有意义”，还附有老师们殷切的寄语，如“鼓励士气”（朱丹语），“加强业务与政治学习，更好地以摄影艺术服务人民解放战争”（张仃语），“理论必须实践，在不断实践中提高技能”（沃渣语），等等。

都说名师出高徒，培训班有着这么多良师坐镇，又个个对学员们寄予厚望，这在以自律为纲的军人队伍中，想教不出好学生都难。在为期三个月的学习时间里，五十二名学员过着军事化的生活，每天早上6点准时在松花江边跑步出操，然后上午上课、下午自习，个个全身心地投入到摄影学习中。

夕阳西下的时候，郎琦也常会去松花江边跑步。哈尔滨

⊙ 郎琦归队后任随军摄影记者 1948年

素有“东方莫斯科”之称，此时更是有大量“白俄”[①]寓居于此，每当夜幕降临，江畔香气弥漫，俨然成了“白俄之都”。对于颠沛流离的“白俄”来说，尽管哈尔滨这片土地算得上是他们最惬意的聚居地了，可水是故乡甜，月是故乡圆，背井离乡的命运该如何求解？这样的悲苦，总会让多愁善感的郎琦心生同情，也勾起他内心深处的思念。那奔涌的松花江水，仿佛从远方捎来了故乡的问候。

“白俄”流落异域、有国难投的景象，给了郎琦这名年轻的小战士以深深的触动，使他进一步理解了赵参谋口中那“重

① 指“十月革命”和苏俄内战爆发后离开俄国的俄裔居民。

建家园”的意义，理解了只有国泰才能民安，更进一步坚定了他革命的步伐，彻底点燃了他学习的热情。

在那个艰苦的岁月里，培训班的相机和胶卷都十分有限，所以大多数时候，学员们只能轮流用没装胶卷的空相机模拟练习，有的学员为了苦练端稳照相机的基本功，找来半块一斤多重的砖头，天天托在手里。学习条件虽然艰苦，却也培养了学员们爱惜器材的优良作风。这些特殊的战士，就像爱护武器和子弹一样，力求使每一台相机、每一张底片都能发挥最大的作用。结业时，培训班在东北画报社的大楼举办了盛大的汇报展出，每位学员都交出了精彩的答卷。

1948年8月，同培训班的其他学员一样，学习期满的郎琦回到原部队，成为摄影宣传工作的骨干。自此，他不仅有了专业知识的武装，还有了宝贝傍身——一台仿造德国“徕卡”的苏联制“卓尔基”牌相机。因为胶卷稀缺，郎琦就将电影胶片装入暗盒进行拍摄。“歌颂我们的先进，暴露敌人的罪恶”这句来自培训班老师的教诲，从此成为他摄影路上的冲锋号。

4．连续作战：从东北到华北

倘若一场战役还没开始，就几乎能够预见自己的生死，如果你是一名战士，你会做何选择?

⊙ 司号员正在用军号传达命令 1948年 黑山地区

1948年秋，休战数月的东北战场硝烟再起。这个问题，就摆在东北野战军第10纵队的面前。

此时，从全国整个战局出发，同国民党军进行战略大决战的时机已经成熟，辽沈战役打响了。从摄影培训班归队的郎琦面对的第一个大场面，便是辽沈战役中颇为关键的一环——辽西围歼战。在这场战役中，10纵的任务，是立即赶赴指定地点——黑山、大虎山一带，构筑工事，顽强死守，牢牢牵制敌人，为主力部队前来合围争取时间。

彼时的10纵，因组建时间不到一年，装备相对落后，除了机枪、步枪、手榴弹数量有限，其所属的山炮营连炮弹也没有多少；即便算上配属过来的1纵3师和内蒙古骑兵师，兵力也并不富裕。而他们要面对的，却是五倍于己的由国民党名将廖耀湘统领的十万精锐部队，清一色的美式机械化装备，是当时战斗力最强悍的兵团之一。

几乎所有的战士都明白，这是向死而战。

可所有的战士也都明白，唯有替兄弟部队争取宝贵的时间，才有机会歼灭东北敌军，解放全东北，解放全中国。虽然他们10纵不能一口吃掉敌人，却能够死死地咬住敌人，只要咬住不放，等来的必然是合围部队的钢刀锐箭，那么，即便被扯脱几颗牙齿，又有什么好吝惜的呢？这一场极为关键的战役，只许胜利，不许失败！

这一年的10月，北方早早地下起了大雪，可因后方补给线中断，棉衣一时无法送达。在冷风呼啸、天寒地冻之中，10纵战士只能身着单衣，向辽西一路急行军。

他们的口号是："死守黑山，抗击敌人，誓与战地共存亡！"

在毛主席所作的众多诗词中，郎琦最喜欢的一首，是《忆秦娥·娄山关》。如今尚有一幅以这首词为内容的书法作品，挂在他家的客厅里：

西风烈，长空雁叫霜晨月。霜晨月，马蹄声碎，喇叭声咽。

雄关漫道真如铁，而今迈步从头越。从头越，

苍山如海，残阳如血。

郎琦说，那种视死如归的悲壮，是每一个行军打仗的战士一辈子都不可能抹去的记忆。

就在10纵移兵途中，郎琦带着相机爬上了一座高地。展现在他眼前的景象，与《忆秦娥·娄山关》所描绘的意境是那样相似。在广阔的田原之上，冷风劲厉，草木枯尽，马蹄踢踏，军号低回……被白雪封冻的土地，每一脚踏下去都坚硬如铁。接下来，10纵战士又该如何破冰凿坑，构筑工事？方方面面都在昭示着，他们即将接受最为严峻的考验。

如潮水般集结的10纵战士 1948年 黑山地区

郎琦百感交集，举起相机，用俯角记录了战友们视死如归地向黑山地区火速集结的场面。这张照片，后来成为辽沈战役，乃至东北解放战争中的经典影像，至今仍被辽沈战役纪念馆设为数码背景墙之一。

10月24日清晨，黑山阻击战正式打响了。廖耀湘的十万精锐为了突出重围，对黑山地区发动了整整三个昼夜的持续猛攻。但英勇顽强的10纵战士不辱使命，以一当五，在战斗进行至白热化的阶段甚至不惜与敌人展开残酷的白刃战[①]，最终用血肉之躯成功阻断了廖耀湘兵团的退路，使得这支劲敌最后被及时赶到的主力部队合围歼灭。战后的黑山千疮百孔，无声地向世人诉说着这场阻击战的惨烈：黑虎山“101高地”的山头，生生被轰低了两米，成了“99高地”，留在上面的弹坑高达六千余个，平均每平方米就有一个，烈士的遗体铺满了山坡；十年后，著名摄影家薛伯清来此拍摄电影《黑山阻击战》的时候，当年被炮火轰炸过的山头，依然找不到一块完整的石头，整座山头仍被一层厚厚的灰末覆盖……

这一场战役的胜利，导致东北国民党军的全面崩溃，对辽沈战役的最后胜利起到了决定性的作用。原本不太起眼的东野10纵，从此一战成名。黑山阻击战与塔山阻击战、徐东阻击战，被后人称作是解放战争中最为著名的三大铁血阻击战。

---

① 指不使用火器，以格斗为主要形式的近距离作战，主要靠匕首、军刀等。

11月初，辽沈战役的胜利，宣告东北全境解放，东北大地上的硝烟终于散去了。为了巩固新生政权，郎琦一度随宣传队到农安县的一个村子里进行文艺演出。在这里，郎琦拍下了四个捡拾野粪的孩童冻得佝偻着将双手插入袖口的背影和来自十里八村的老百姓在尖风薄雪中热情不减地观看演出的场面。两张照片真实地反映了那一时期农民缺吃少穿的艰苦生活，以及他们贫瘠的、极其渴望文化生活的精神世界。

经历了辽沈战役的大对决，无论成败，国共双方都大伤元气。从常理讲，这个时候军队需要一段时间的整训休息，总结经验，恢复体力，补充兵源和弹药。而国民党判断，东北野战军需要三个月到半年时间的休整，到第二年春天才能继续入关作战。

可这支为人民而战的军队，为了打敌人一个出其不意，休整还不到半个月，便发扬连续作战精神，分三路从冷口、喜峰口、山海关向华北秘密挺进。这世上哪有什么钢铁之躯，只有为自由而战的钢铁意志！

又是一路急行军，而且这一次的行军难度更甚：为了迷惑敌人，务必做好隐蔽工作。

此时，为了统一编制，充实战斗组织，东北野战军已经改纵队为军建制，郎琦所在的10纵30师已编入47军141师。47军属从冷口入关的南路，启程后便采取夜行晓宿的战略。白天，为了躲避高空侦察机，部队全部隐入村庄、山谷、树林之中，

⊙ 拾粪的孩童 1948年 吉林农安

⊙ 在户外观看演出的村民 1948年 吉林农安

进行短暂的休息，储备体能。老百姓家里没有那么多床和炕，一些战士只能睡门板，更多的战士则在户外以天为被、以地为床。到了夜间，全军出动，人如流水，车如铁龙。爬山过河，全是摸黑进行。为了不致在黑暗中走散，战士们都将白毛巾系在胳膊上，作为互相提醒的标记。11月底12月初的北方，夜间的气温已接近零下三十度，被雨雪打湿的棉袄，更是越穿越冷、越穿越沉。

每天至少一百里的行走，对轻手利脚的常人来说都极具挑战，更别说个个身负辎重的战士了。双脚磨出血泡，是再普遍不过的事情。找一根针将血泡挑开，再用头发丝将泡“缝”上，这是行军教给郎琦的特殊技能之一。

为了赶路，队伍行军一般只用很少的时间吃饭，有时甚至要边走边吃，吃的大多是苞米面干粮，能吃上土豆就算是好的了。有一天，因为队伍里有人生了病，在休息的时候，指导员让一名小战士骑马到前面的村庄换点吃的。可那时候的老百姓生活十分困难，也没有什么吃的，小战士用手绢包着食物回来的时候，换到的小米饭、小米粥已经冻成了冰坨不说，大酱也是生了蛆的。可大家全都默默地吃了，没有一个人有半句怨言。

长时间黑白颠倒的行军，还让睡眠严重不足的战士们练就了随时随地都能休息的“绝活儿”：疲乏至极时，他们不仅坐着能睡，站着能睡，还能边走边睡。郎琦常常走着走着就睡着

⊙ 挺进前线 1948年11月

⊙ 向华北进军 1948年12月

了，直到撞到前面的战友，才一下子惊醒。有的战士因为行军时打了瞌睡，在不知不觉中偏离了队伍，有的甚至会迷迷糊糊地走到沟里去。为了能够缓解困倦，又不至于掉队，一些战士便相互配合，轮班睡觉：醒着的负责领路，搀扶着其他人边走边睡，过一会儿再换过来……

就这样，东野八十万雄兵一路披星戴月，待国民党有所察觉时，他们已经逼近山海关。此时为了争取时间，东北野战军索性改为白天行军，以更快的速度前进。

“车辚辚，马萧萧，行人弓箭各在腰……”在车马轰隆中，郎琦用镜头记录了这支威武之师浩荡行进的诸多瞬间，也目睹了国民党官兵四处溃散的场面。一路上，郎琦常能看见被俘遣散的下级军官和士兵，他们背着行囊，披霜冒雪，艰难地走在回家的路上——有的还带着妻子、背着孩子。每当遇上国民党侦察机，他们也跟着慌忙隐蔽的样子，总是让郎琦的内心五味杂陈——那不长眼的枪炮，并不认得昔日的战友。

同是军人，郎琦明白，任何一个士兵的命运都不外乎三种：凯旋者，烈士，或战俘。人人都想成为幸运而光荣的凯旋者，而那些沦为战俘的士兵，则往往背负最大的不幸：他们虽幸免一死，也受到了优待，可是在杀身成仁、舍身取义的英雄主义面前，有多少人能迈得过自己心里的那道坎？虽然他们没有死在战场上，但许多人终将被自己“杀”死。倘若军人的宿命如此，立场的选择就变得尤为重要，究竟该为什么而战，为

⊙ 全面大练兵（组照） 1949年解放北平前夕 河北固安

什么而死，是会重于泰山，还是会轻于鸿毛……郎琦对生与死的思考，超脱于以往的任何一个时刻。

郎琦就这样走着想着，想着走着，日月更替，车马疾驰……二十天后，东野大军先后挺进平津，完成了对傅作义集团的分割包围。郎琦所在的部队在平津之间的固安驻军，开始了全面的大练兵，准备随时解放北平。

为了防止在接下来的战斗中头部负伤不便治疗，这期间，包括郎琦在内的战士全都剃了光头。郎琦一面参加着诸如攀爬城墙的各种训练，一面在休息时不遗余力地记录着炮兵、通讯战士等不同兵种在严冬中苦练本领的场面。

一天，两天，三天……他们已做好了一切准备，只差上级的一声指令。

5．解放北平

1949年，注定是不平凡的一年。

临近年关。

北平之外，继辽沈战役后，另两场与国民党军进行的战略大对决——淮海战役，已经以解放军的全面胜利告终；平津战役也传来捷报，仅用了二十九个小时，解放军便解放了重兵守备的天津。

北平之内，国民党守军二十余万人已如瓮中之鳖，陷入了重重包围之中。面对中共中央、中央军委为了保护北平古城免受战火而送上的和谈书，国民党华北剿总司令傅作义犹疑不决。

战则败，和则安。他知道，自己已经没有退路。

1月21日，经过北平开明人士的敦促，傅作义终于同意接受和平改编。这一消息，宣告北平和平解放，千年古都完整地回到了人民手中。

全军沸腾了，听闻消息的战士们，大都喜极而泣。如果说这世界上有什么事情是已做好了万全的准备，却希望永远不会到来的，那便是战争吧？！

对于郎琦来说，又一个好消息随之而来——政治部主任赵平拍了拍郎琦的肩，交给他一项与众不同的新任务：“郎琦，把绑腿扎上，东北军区叫你去拍摄北平入城式。”

解放军进驻北平，是我国近现代史上一个极为重大的事件，也为郎琦的摄影生涯添上了浓墨重彩的一笔。

接到拍摄任务的次日，郎琦便乘车到达北平东面的通县。

在这里，郎琦见到了东北军区的宣传部长肖向荣和另外三名即将要一同完成拍摄任务的同志——和郎琦一样出自哈尔滨摄影培训班的鲁众、孙丕永，以及负责拍摄电影的程默。

这天晚上，肖向荣手端蜡台，进一步将入城式的注意事项讲给他们，然后指着北平的地图，详细交代部队的行进路线，其中特别提到了东交民巷，毛主席指示中国人民解放军要昂首阔步穿过这里。

东交民巷，自1860年第二次鸦片战争后便被划为使馆区。1900年《辛丑条约》签定后，使馆区竟由各国派驻兵驻守，中国人不得入内。解放军入城后要专门从这里踏过，就是要踏碎洋人的傲慢与偏见，就是要向全世界宣告：今非昔比，时下的东交民巷，绝不再是华人与狗不得入内的地方，中国人民更不会再任人宰割！

第二日天一亮，郎琦一行乘车前往香山八大处，受到了参谋长黄克诚、第二兵团司令程子华的接见。两位首长对四人一番鼓励，并一一握手，然后神情肃穆地说："以后有多少代中国人将从你们拍摄的照片上看到中国共产党人的胜利！"

那一年，郎琦不过二十三岁，一位名不见经传的随军小记者，被首长赋予了这样光荣艰巨的历史使命，他的内心既忐忑又坚定，既紧张又自豪。那有力的、持久的握手，交接着过去，更交接着未来。

1月29日，本是解放军计划进城接防的日子，可这一天，也是中国人民的传统节日——春节。平京前线司令部为了让经受战乱的北平人民过好一个安稳年，便将接防日推迟了两天。所以郎琦一行四人在香山八大处一直等到大年初三，才乘坐缴获的美式大卡车，随第一批进入北平接防的解放军从西直门率先入城，在铁狮子胡同的北平保安司令部住下了。

接下来的几天，郎琦投入到紧张有序的准备工作中，熟悉部队入城路线，精心选择拍摄地点。当时的北平虽然已宣告解放，但城里的气氛依然有些紧张，除了有国民党潜伏的特务，还有很多尚未来得及撤出城外的国民党军队，他们的大卡车在街上往来穿梭，不断向城外运输着衣物、罐头等物资，郎琦一行人时刻枪不离身。倒是北平的群众不露惧色，郎琦走过的地方，总能看见热情的人们在夹道欢迎。当他们来到东交民巷使馆区时，只见鲜红的解放军军旗已经插在了这里，在众多外国国旗中分外醒目。随同的北平同志指着那些旗帜，激动而感慨地说："你们拍下的，是历史啊！"

是的，当中国人民解放军军旗在东交民巷高高扬起，历史的巨轮已经更改了它前进的方向。

经过详尽的准备，转眼到了2月3日，庄严的解放军入城仪式将在上午10点正式开始。这天的《人民日报》，刊发了北平警备司令部的公告：除特准随军记者外，中外人士一律禁止摄影。

早晨不到6点，郎琦便穿上棉军装，戴好狗皮帽，随司机和保卫战士坐美式吉普车直奔前门。他的胸前挂的是"特准随军记者"的红色标志，左臂佩戴着写有"平警"（北平警备司令部）字样的红白两色袖标，看上去还真有些威风呢！

这一天的北平，天朗气清，却十分寒冷，郎琦穿着厚厚的棉袄，还是难抵寒凉。可是让郎琦没想到的是，距离入城仪式开始尚有几个小时，郎琦所经之地，就已挤满了前来欢迎解放军进城的群众，有的人为了看得清楚，甚至站在了房顶上，坐到了高墙上：他们许多人都是黎明时分就从离城二十里的西郊赶往这里。

在古朴庄严的正阳门箭楼上，罗荣恒、聂荣臻等首长也早

⊙ 郎琦与北平学生 1949年2月3日 北平入城式

早地站上了临时设立的检阅台。郎琦在这里，拍下了各位首长的半身像。

上午10点，随着几颗信号弹腾空而起，入城式正式开始。在激越飞扬的《国际歌》和《解放军进行曲》中，“庆祝华北解放”的前导车，军乐队，装甲部队，炮兵、骑兵、步兵部队……三万多名解放军军装整齐，浩浩荡荡地踏入北平。

此时，沸腾的北平群众，从四面八方、各个角落拥向前来，几乎将部队前行的路线堵住。人们有的挥舞着彩旗，有的高举着标语。“庆祝北平解放！”“欢迎解放军！”“解放全中国！”到处都是人们的欢呼和歌唱。最热情的，要数北平的

⊙ 雄壮的队伍随前导车浩浩荡荡进入北平 1949年2月3日 北平入城式

⊙ 炮兵部队路过前门 1949年2月3日 北平入城式

⊙ 隆隆的装甲车部队驶入前门 1949年2月3日 北平入城式

⊙ 前门大街广场上解放军宣传队载歌载舞 1949年2月3日 北平入城式

大学生，因为在此之前，广大学生的爱国民主运动多次遭到国民党政府的残酷镇压，所以他们是打心眼儿里欢迎解放军，洋溢在他们脸上的，已经不是简单的笑容，而是一种狂热和狂欢。到后来，人们已经不知该如何表达内心的激动，不仅把标语贴到了车上、战士身上，把鲜花塞进了战士的衣兜，有人干脆直接爬上了检阅的装甲车……

在一片欢腾中，郎琦按照烂熟于心的路线，提前到达各个摄影地点，拍下了一张张珍贵的影像。中途，为了拍摄一个大场面，郎琦索性和学生们挤上了同一辆卡车。如今，当九十三岁高龄的郎琦面对笔者，回忆起当年的北平入城式，依然难掩激动。他动情地说道："那是我这一生，见到过的最热闹的场面。之后的任何一次欢欣，都不能与这一天相比。"

入城式就这样一直沸腾到下午3点，水米未进的郎琦一行不顾疲劳，直奔人民日报社，连夜冲洗照片。当他们把几十张精心放大的黑白照片送到人民日报社主任李庄、美术编辑蔡若虹手中时，已经是第二天的清晨了。

2月5日，《人民日报》整面刊发了首期《人民画刊》——庆祝北平解放专号。在那个无论是摄影人才还是摄影器材都十分稀缺的年代，报纸都是以文字为主，新闻照片并不多见。可《人民画刊》创刊号开了先河，用十几张照片铺了满版，真实生动地展现了人民解放军入城时的盛大场面。这天的报纸一经问世，人们竞相购买，满城传阅张贴。

人民日報

人民画刊

第一期

慶祝北平解放專號

揭開了北平歷史上新的一頁

人民解放軍舉行莊嚴的入城式

⊙《人民日报》之《人民画刊》创刊号 1949年2月5日

那一天早上，郎琦也如千千万万的普通读者一样，激动地展开报纸：由李庄亲笔书写的“人民画刊”于周正中现出活泼，由蔡若虹绘制的插画生动而精美。接着他惊喜地发现，共计十五张配图里，竟有十三张是出自自己之手！于郎琦而言，这一份无声的肯定，已是对他所有努力的最好嘉奖。

多少年后，《人民日报》的蔡若虹还曾给郎琦邮寄过一张照片，在照片的背后，他这样写道：“郎琦同志，我永远记得你！”

不过，在这次意义重大的拍摄中，郎琦也有他自己的遗憾。除了相机中途出故障卡了片子，导致没能拍下坦克部队接受检阅的景象，最让他遗憾的，要数第一天随军从西直门入北平时，没有在城门拍下解放军和国民党军交防的场景。“那时候我在大卡车上，距离较远，来不及拍；胶片又太紧张，入城式之前不敢多拍——那个年代胶片有限，都得计划着用，谁也无法预见后面会出现什么重大的事情，到时候没有胶片的话就失职了；但最根本的问题，在于我那时候太年轻，缺少经验，脑子迟钝，导致这么宝贵的历史瞬间没能拍下来……”七十多年过去了，提起这个中故事，郎琦展露出来的遗憾和自责，远比他的自豪感强烈。

所以，郎琦算是从很早的时候，便在一次意义重大的实践中深刻意识到摄影是一门遗憾的艺术。在这个瞬息万变的世界，任何一个瞬间都不等人，摄影不是绘画，不是写作，没有机会反复修改，一切都要在按快门的那一瞬间之前完成所有的构想，这就需要摄影师思想敏锐，有较高的艺术修养。所以在未来漫长的摄影生涯中，郎琦最看重的，一个是要不断学习——用他的话讲，“不说博学多才，也应该知识丰富”；另一个便是要善于总结——回看拍过的照片，画面的环境、主体、陪体、动态、光线，等等，经常有自己不满意的地方，唯有不断总结，不断思考，才能不断进步。

1949年的2月5日，就这样翻开了北平历史新的一页，也将郎琦推向了他摄影生涯的新阶段。

6. 南下工作团

“宜将剩勇追穷寇，不可沽名学霸王。”随着三大战役[①]的胜利结束，全国只剩下长江以南部分地区还控制在国民党手里，解放战争的形势已十分明朗。在“将革命进行到底”的伟大号召下，人民解放军百万雄师大踏步挺进江南。

就在部队相继南下的时候，郎琦和弟弟郎魁珊有了一次难得而短暂的相聚。

原来，郎琦和郎魁珊虽然是同时参军，但经过多次调动和部队整编，兄弟二人越离越远，平时难以相见，只能靠军邮联系。辽沈战役时，因形势紧张，二人一时断了书信往来，而在这场大决战中，郎琦所在的部队打的是黑山、大虎山，郎魁珊那边打的则是锦州、义县，两场战役均有很大伤亡，二人都以为对方战死沙场了。直到北平解放的时候，郎魁珊在《人民日报》上惊喜地发现了哥哥的署名作品，才得知哥哥还活着，二人这才恢复了联系。

后来，时任40军120师保卫干事的郎魁珊随部队先遣南下。途经河北固安的时候，得以有机会与驻在那里的郎琦会面。只是，二十年的兄弟情深，相会却只有短短二十分钟，两人满肚子的千言万语，在这个时候却什么也说不出来。

---

① 指辽沈战役、淮海战役、平津战役。

⊙ 郎琦与郎魁珊（右） 1949年 河北固安

“我们什么时候还能再相见呢？”最终郎魁珊只留给哥哥一个拥抱，便匆匆返回了队伍。短暂的团聚转眼就又成为诀别。

不久后，47军141师也即将踏上南下的征程。可此时的郎琦，因脚上旧疾复发，刚刚做完手术，行走不便，加之北平尚有摄影任务在身，他只能留在北平。队伍临行前，召开了“大踏步走向江南解放全中国”的誓师大会。在声声将革命进行到底的庄严宣誓中，郎琦和他的队友们暂时作别了。

解放后的北平，是一片欣欣向荣的景象，驻留北平期间，郎琦拍摄了很多重要的工作会议，也见证了人民群众，尤其是

47军141师在南下前召开誓师大会 1949年 河北固安

⊙ 华北青年入团宣誓 1949年 北平

⊙ 华北青年运动会 1949年 北平

广大青少年生气勃勃的新风貌。其中，最为著名的一段传奇，要数一场可歌可泣的青年南征运动。

这场运动，始于一则特殊的招考启事。

1949年2月下旬，距离解放军入城式已经过去了半个月，可北平学生的热血却未曾停止沸腾，那场军民同庆的狂欢始终激荡在他们的心头，投身革命的愿望愈渐强烈。

此时，由于新解放区的接收和管理急需大批干部，东北野战军对学生们渴望参加解放军的情况进行了慎重的研究和考量。革命力量的组织和革命事业的建设，没有知识分子是不可能成功的，这是早在抗日战争时期，党中央就清醒认识到的问题。不久，《人民日报》《北平解放报》《天津日报》等报纸发布了“南下工作团”招考团员的启事。“南下工作团”，顾名思义，就是要随解放军南下，参加到解放江南、开辟新区的工作当中去。

可革命毕竟“不是请客吃饭，不是做文章，不是绘画绣花”，空有热情是远远不够的。就拿眼下来说，比起北平的安定局势，新解放区不仅有特务、有土匪，且因连年的战争，贫穷落后，缺衣少穿。到那些地方去，意味着不仅要维持治安，还要解决生产生活问题，无疑，这是既危险又艰苦的工作。

让人感动的是，启事发出后，一时间平津两市各院校学生热烈响应，掀起了报名南下的热潮。一周之内，光清华大学就有三分之一的在校生报了名。北平这座文化古城，历来对知识分子有着特殊的凝聚力。如今，广大青年学生却纷纷自愿离开这里，投身于革命的浪潮。

还有四五十名东北流亡学生，在郎琦的动员下毅然放弃了“北上还乡”的打算，报名参了军。在一面龙云翻腾的照壁之下，郎琦曾与其中一批学生留下了一张合影——当年的自拍模式不够智能，郎琦还没等跑到位置，相机便提前按下了快门。照片上的郎琦，着一身军装，小跑奔向学生们；而学生们虽形貌不同，衣着不一，却都将目光投向郎琦。这张在当时有着些许缺憾的抓拍，如今看来别有一番深意。千千万万的中国青年虽然出身和经历各不相同，但本质上都在不同方面、不同程度上经受过帝国主义、封建主义和官僚资本主义的压迫和剥削，当一颗颗赤子之心被革命之火点燃，他们注定走近彼此，联结彼此，殊途同归！

身处北平的郎琦，每天被人们的热情所包围，父母送子

郎琦与东北流亡学生 1949年 北平

女，夫妻齐报名，师生同参军……一个个热烈而动人的场面在不断上演。“下江南，下江南。取京沪，夺武汉，打到两广和福建，解放那同胞两万万……”这是当时北平学生中传唱最多的歌曲之一。

经过紧张的考录，南下工作团最终吸收了上万名平津地区的知识青年。1949年7月，在工作团即将随军南下的前夕，北平各界一万五千余人在先农坛体育场为他们举行了盛大的欢送会。体育场内，人山人海，看台上、场地间，全都坐满了人，目之所及，人头攒动，到处是飘动的彩旗和条幅，马克思、恩格斯、列宁、斯大林的巨幅画像矗立其中，分外醒目，一块写有“这是华北青年的光荣”的标牌，道出了所有爱国青年的心声。

十几天后，南下工作团分批启程。每当有一批团员出发，北平的街道都会被前来欢送的人群围得水泄不通。人民群众纷纷为他们献上鲜花，手擎灯笼和火炬，敲锣打鼓，载歌载舞，直到夜幕降临都不愿散去。看着那些城市里的学生甘愿脱下西装长衫、旗袍裙子，换上了朴素无华的草绿色军装，相机背后的郎琦双眼几度湿润。

回顾我国近代史，无论是第一次世界大战后，为反抗国内外反动势力的压迫而爆发的具有划时代意义的“五四”爱国运动，还是抗日战争时期，为反对内战、反抗日本帝国主义而掀起的“一二·九”抗日救国运动，每当民族到了危急存亡的关

北平市各界歡送
南下工作團南下大會

去

⊙ 南下工作团（组照） 1949年 北平

头，总能看见中国青年热情勇敢、不屈不挠的身影。而“南下工作团”，则是中国青年在开国前夕用青春和热血谱写的又一部壮丽的史诗，当被后人铭记。

工作团南下不久，郎琦因急性阑尾炎住进了北平第六陆军医院，再次做了手术。因术后引发了严重的肠粘连，郎琦不得已转回吉林地区疗养。

9月21日，北平正式更名为北京，中华民族的历史，即将在这里开启崭新的篇章！

第三章　抗美援朝保家国

岂曰无衣，与子同袍！

1．鸭绿江畔烽火起

1949年10月1日，是一个永远为中国人民所纪念的日子。

这一天的天安门广场，欢声雷动，在五十四门礼炮齐鸣二十八响后[①]，毛主席在天安门城楼上向全世界庄严宣布："中华人民共和国，中央人民政府，今天成立了！"

如果不是因为那一场手术，在北平入城式上表现突出的郎琦或许能亲眼见证这一伟大时刻；不过，即便只能通过收音机的电波来遥听这盛大的庆典，也足以让远在吉林的郎琦流下激动的泪水。身为解放军的一员，他比普通人更能理解这一天的来之不易：多少英雄烈士抛头颅、洒热血，才换来了中华民族

---

① 五十四门礼炮代表当时的五十四个少数民族；二十八响代表中国共产党自1921年成立以来，领导全国人民奋斗的二十八年。

的这一天啊！一百多年来被侵略、被奴役的屈辱终于终结了，脚下的土地，再也不是闻一多笔下那潭“绝望的死水”，人民也再也不是臧克家笔下那抬不起头的“老马”。

正当中国人民全都沉浸在新中国成立的喜悦之中、投身于对祖国美好明天的建设时，与我们只有一江（鸭绿江）之隔的朝鲜半岛，却完全是另一番境地。

自1945年第二次世界大战结束，亚洲各国纷纷摆脱殖民统治，在日帝铁蹄下受了几十年欺侮的朝鲜人民也终于迎来了解放之日。但这个苦难的民族还来不及欢庆，国土分裂、骨肉离散的残酷现实又摆在了面前：原属日本殖民地的朝鲜，因为被认定暂时没有自治能力，只能被大国分区托管。

将朝鲜一割为二的，就是人们所熟知的那条“三八线”——横穿朝鲜半岛中部的北纬三十八度线。半岛南北分别由美苏实行托管，各自按照自己的模式对占领区进行统治。

自7世纪朝鲜半岛形成统一国家以后，除去罗末丽初曾有过一段极短时间的群雄逐鹿，这里始终长时间保持着稳定统一，是世界上为数不多的单一民族国家之一。但在大国的操纵下，“三八线”这条“楚河汉界”生生截断了数座山脉、十几条河流、上百条道路和无数的村庄，南北两侧禁止人员物资交流，通讯联系也被中止……渐渐地，“三八线”两侧分化出两个相互对立的政权——1948年8月，南朝鲜宣布成立以李承晚为总统的大韩民国；不到一个月，北朝鲜成立了以金日成为主席的朝鲜民主主义人民共和国。

一个有着千年统一史的国家，就这样沦为了战争的牺牲品。而它更大的悲剧，还在后面。

由于朝韩双方都不承认朝鲜半岛的分裂，且都认为自己是整个朝鲜半岛的唯一合法代表，所以“三八线”附近的军事摩擦接连不断，南北双方的战争机器都开始暗自运转，各自为实现南北统一做起了准备。

“战争是早晚的事，”当时美国驻南朝鲜大使约翰·穆乔这样说道，“说不定就在哪天早上。”

1950年6月25日，双方冲突升级，战争正式爆发了。朝鲜人民军越过“三八线”，一路南下，势如破竹。关于南北朝鲜到底是谁打响了第一枪这个问题，至今战史学家还在争论不休，但可以确定的是，“三八线”制造的分裂是国际社会强加给朝鲜的，想要实现统一是一个民族的权利，他国无权干涉。

可就在北朝鲜即将取得全胜的时候，美国操纵联合国安理会通过非法决议，组织所谓联合国军介入朝鲜战争，将一场为解决统一问题的民族内战，演变成了国际战争。

1950年10月，新中国迎来了第一个国庆节，此时隔壁的战火却越烧越旺，所谓联合国军在朝鲜半岛横冲直撞，向鸭绿江畔进逼。此时，节节败退的朝鲜政府请求中国出兵援助。

帮还是不帮，这是个问题。

帮，那就意味着我们要与世界第一强国较量。可刚刚成立的新中国积贫积弱，百废待兴，物资极度匮乏，工农业总产值仅为美国的1/28，钢产量还不到美国的1/144。美军不仅航空母舰、新式战机一应俱全，还有令人望而生畏的原子弹，而中国军队基本靠步兵和少量炮兵作战，海空军尚处于初创阶段，武器装备十分落后。与这样的劲敌交锋，不是往火坑里跳吗？

不帮，可这无疑正中美国下怀。朝鲜战争爆发后，美国仿佛吃定了一穷二白的新中国不敢与其抗衡，不仅公然将第七舰队驶入基隆、高雄两个港口，武装封锁台湾海峡，干预台湾解放，其飞机还多次越过中朝边境，轰炸我安东（今丹东）地区，大量村庄被毁。东北地区是新中国的重工业基地，如果朝鲜全境沦陷，朝鲜半岛将成为美军可随时进犯我国东北地区的跳板，成为随时切断新中国经济命脉的定时炸弹。

辅车相依，唇亡齿寒，自古就是兵家之训。此时，救邻即是自救——如果不回之以痛击换来和平共处，最后只能被侵略者日益膨胀的野心肢解，这就是西方世界所崇尚的“丛林法则”。在对美国的侵犯多次警告无果后，新中国最终果敢承担起了保卫和平的历史使命。1950年10月19日，第一批抗美援朝、保家卫国的中国人民志愿军跨过鸭绿江，秘密开赴朝鲜战场。

为了出国第一仗打得漂亮，首批入朝参战的六个军，都是具有光辉历史和革命传统的队伍，其中之一，便是有着“旋风部队”之称的第40军。这支骁勇善战的王牌军，曾在解放战争中一路南下，攻坚破垒，从零下三四十度的东北，徒步打到零上三四十度的海南；1950年5月成功解放海南岛后，又马不停蹄地折回东北充作边防军。而郎魁珊就是这第40军中的一员。前文提到，当年他就是在先遣南下的途中，与驻扎在河北固安的哥哥郎琦相见的。

对比后面几批入朝作战的志愿军，第一批是最艰苦的。这一年，朝鲜迎来了五十年来最寒冷的冬天，皑皑的冰雪几乎覆盖了整个战场，白天气温最高时也只有零下二十度，夜晚有时降到零下四十度。在风寒效应下，体感温度有时可以达到零下六七十度，极寒的天气成了比子弹更残酷无情的敌人。因为后方补给陷入了困境，许多战士穿不上棉衣，也吃不饱饭，到了开伙时间，“一把炒面一把雪”[①]成为志愿军的标志性动作。有人甚至这样评价：首批入朝作战的艰苦程度，超越了长征。

反观我们的敌人，面包、土豆、熟肉是标配，一线士兵还有肉丸、意大利面、火腿炖青豆等美味的罐头，美军电视台甚至以此作为吸引民众参军的噱头，录制宣传片大肆鼓动道：“如果任何人看到这段视频感到饥饿，美军的征兵站就在街角。”

然而，这样悬殊的差距除了让美军指挥官愈发骄纵，却未

① 炒面是一种将小麦粉与少量玉米面、大豆面、高粱面混合炒制的粉状的野战口粮。因为没有足够的开水，大部分时候只能干吃，干涩的面粉难以吞咽，所以才要一把炒面就一把雪。这样吃完，舌头已经没有知觉。

⊙ 郎魁珊入朝后寄给郎琦的两张照片 1950年

曾让任何一名志愿军战士怯战畏敌。比起许多美国士兵并不理解为什么要远渡重洋地去朝鲜发动战争，保护亲人、保卫祖国的信念却在志愿军心中明确而坚定，并在每一分每一秒中传递着斗志和勇气。入朝后的郎魁珊曾给他在这世上唯一的亲人——哥哥郎琦，寄过一封信。我们不难想象他是在怎样艰苦的条件中写下的这封信，但在来信中，郎琦却只读到了弟弟内心的自豪和对哥哥的想念：郎魁珊骄傲地告知哥哥，自己已经作为第一批中国人民志愿军入朝参战了，还随信附了两张照片，留给哥哥做纪念——虽然两张都拍摄于安东，但一张是作为解放海南归来后的终点站，上书“凯旋于安东留影”；另一张却是始发站，为了迷惑敌人，隐蔽身份，郎魁珊身着朝鲜人民军装，手握望远镜，在安东鸭绿江畔，整装待发。

“我们什么时候还能再相见呢？”在信的末尾，郎魁珊再一次用这句话，表达了对哥哥深深的想念之情。

祖国再次陷入危难，胞弟再赴战场，自己疾患缠身，这对于当时正在吉林省文工团继续着摄影工作的郎琦来说，内心的忧虑和伤痛无疑是多重的。郎琦一面不断从战友那里了解前线最新的动向，一面拿起自己独特的武器，投身于抗美援朝的大后方。

命运的颠沛，往往更能彰显一个民族的气节。就在志愿军战士在前线为保家卫国浴血奋战的同时，各种运动也在全国范围内轰轰烈烈地展开了，郎琦深入到乡村，用镜头记录了人们

⊙ 打谷场 1950年
吉林蛟河县保安屯

⊙ 抱娃娃组 1950年
吉林敦化县

参军参战、支援前线的热潮：九台县其塔木镇，广大热爱和平的青年踊跃参军，他们胸戴红花，身骑骏马，告别亲人，奔赴前线；蛟河县保安屯，为了支援前线，广大农民经过辛勤的耕耘终于实现了增产增收，正在打谷场上享受丰收的喜悦；敦化县成记号村，老人们组成“抱娃娃组”，担负起看护儿童的工作，妇女们则纷纷走出家门，到田间与男人们一同劳作……

在郎琦拍下的这些照片中，最让笔者动容的面孔，来自一个马背之上的青年。他也就二十出头的年纪，正值花样的年

⊙ 参军热潮（组照）1951年 吉林九台县其塔木镇

华，他望向前方的双眼，似乎含着泪光。就在几分钟前，他的母亲亲手帮他戴上了“参军光荣”的大红花，抚摩着他的肩膀，对他细细叮咛。他深知，这一去，也许就再也没有机会报答母亲的养育之恩；可他更懂得，没有国，哪有家？

世间安得双全法，不负家国不负卿。

郎琦在吉林疗养期间，一直与第47军保持着密切的联系，并将这些在后方拍摄的照片寄往第47军的《猛进》画报，用属于他的方式，给国内的军民和入朝的志愿军加油打气。而前线不断传来的捷报，就是他最好的良药：志愿军入朝后一路告捷，将所谓联合国军从鸭绿江边，重新打退至“三八线”附近。

2. 赴朝集结号

“叮铃铃……”

1951年3月底的一天，正在整理照片的郎琦，被电话铃声打断了手中的工作。

电话那边，依然是第47军的老战友；但这一次来电的内容，与往常大有不同：不是对郎琦病情的探问，不是对拍摄近况的交流，而是呼唤他归队入朝的集结号！

“朝鲜战争很可能长期化了。现在前线在坚守防御，掩护后续部队的集结，咱们很快也要出发了，你得尽快归队。郎琦，你那身体能行吗？”

“能行！当然行了！”没有一分犹豫，郎琦的回答斩钉截铁。为了这一刻的到来，他已经做了太久的准备，在后方的每一天，祖国人民的热忱都在感染着他，那些来自前线的消息，早就把他的心带走了。

雄赳赳，气昂昂，
跨过鸭绿江。
保和平，卫祖国，
就是保家乡。
中国好儿女，齐心团结紧，
抗美援朝，打败美帝野心狼。
…………

春寒料峭的四月，又一批志愿军在战歌中完成了集结。郎琦告别妻子和刚满三岁的女儿，随第三批志愿军从安东始发。蜿蜒的铁龙渡过鸭绿江，经过新义州，一直到达平壤北部的成川。

尽管郎琦从出生那天起，就没过过多少太平日子，大大小小的战争也经历了不少；但入朝后的郎琦，还是被一路的景象震惊了。

在2019年庆祝新中国成立七十周年的阅兵式上，我国的空中梯队编为轰炸机梯队、歼击机梯队、陆航突击梯队等十二个梯队接受了检阅，观者无不惊叹于我军空中装备的先进和强大。难以想象，就在六十几年前的抗美援朝战争初期，我们空军的作战飞机还不足二百架，飞行员不足二百人，人均飞行时间不足一百小时，而美军投入的各型号飞机足有上千架，且飞

⊙ 找妈妈的小女孩 1951年 朝鲜平壤

行员多是二战时的老牌飞行员，量与质的优势使其掌握着绝对的制空权。

在这种情况下，朝鲜战场是不分前方和后方的，不论阴晴、不论早晚，轰炸机随时都有可能突然出现在头顶上——那真的是在头顶上，肆无忌惮的飞机飞得很低很低，钻山沟，钻桥洞，掠过房顶，掠过树梢，极低的飞行高度掀起气浪，甚至能冲掉头上的伪装帽。他们不光对医院、工厂、兵站、仓库等重点区域进行战术破坏，还丧心病狂地轰炸村庄，连落单的车辆、行人甚至牲畜都不放过。美军轰炸的猛烈和密集程度，创造了世界战史上的最高纪录。毛主席之子毛岸英，就是在一场空袭中牺牲的。

在美军无差别的狂轰滥炸之下，朝鲜已经满目疮痍，郎琦所经之处，房倒屋塌，只剩下老弱病残——青年男子已经全去前线了，甚至很多妇女也上了前线。本就不多的农田，也几乎全部被毁，化作深深浅浅的弹坑，大量流离失所的朝鲜人民已经饿到吃草根，啃树皮。失去了家园、失去了父母的儿童更是随处可见：他们几乎全都赤着脚，有的站在路边找妈妈，有的敲打着空盆空碗在瓦砾中啼哭，有的光着屁股，在已经被炸成不知道几半的残锅中找水喝……

作为一国之都平壤，曾经的熙攘也不复存在，满眼是碎砖断瓦、破壁残垣。清冷的街道上，已几乎看不到往来的汽车，尘土记录的车辙屈指可数，寥寥无几的行人亦是心惊胆战，步

⊙ 坚守岗位的女交警
1951年 朝鲜平壤

⊙ 空袭之后 1951年
朝鲜温井

履匆匆。若不是还有坚守岗位的女交警和仍在巡逻的警卫员，依旧在竭力传递着他们的坚韧与勇气，郎琦几乎快要相信自己是踏入了地狱之门。

显而易见，这场战争的双方，军事实力是完全不对等的。可在装备上几乎被强势碾压的中朝两国军队，究竟是怎么将世界第一强国最终逼到谈判桌上的？接下来，郎琦作为随军记者，见证了中朝军民凭借闪耀的智慧和惊人的意志，在世界战争史上创下的这场奇迹。

3．生死运输线

古语有云：“兵马未动，粮草先行。”长期的行军打仗，粮草粮道的比拼在很大程度上影响着战争的成败。

可在已经千疮百孔的朝鲜，还能有多少“粮草”可以就地筹措？志愿军吃的用的，武器弹药，只能靠祖国供应补给。

而轰炸入朝部队的“粮道”，使志愿军无粮无弹、不战自溃，正是美国的重点战略企图。就拿连通中朝两岸的桥梁来说，据1951年的一次统计显示，松花江上有的桥梁平均每天遭到轰炸的次数达三次以上。

但出人意料的是，即便这样，来自国内的物资依然能运至前方，作为第三批入朝的志愿军战士，郎琦不仅可以吃到来自祖国的大米白面，还能吃到各种榨菜、香肠、罐头、饼干等。别说这在敌人眼里是个谜，在郎琦眼里，起初也是个谜，直到他走进了一个个采访现场。

原来，为了突破敌人对后方供应线的轰炸封锁，除了通过增调高射炮兵入朝等常规方式加强对空作战力量，中朝军民还开始了与敌人斗智斗勇的抢运抢修。白天损毁的道路桥梁，他们便在天黑后利用夜色的掩护，凭借有限的简易工具修路架桥，并不断建设新的便路便桥。他们不仅用庄稼秸秆、隧道山洞等对车头、车厢、道路等进行了巧妙的隐蔽和伪装，还发明了隐匿在江底的水下桥等绝妙的运输载体。

⊙ 抢修临津江大桥 1952年3月 朝鲜临津江

没有装备优势，他们发动群众的智慧来弥补差距；没有钢铁之躯，他们凭借众志成城的信念向死而生。茫茫黑夜之中，隆隆的枪炮声不时在耳边响起；但面对随时可能出现的轰炸，中朝军民争分夺秒而又有条不紊，一锛一斧、一锤一凿地修补着战场上的“生命线”。在郎琦拍摄的一张抢修临津江大桥的照片上可以看到，辽阔的临津江上，几十个人密匝匝地拥挤在狭窄的桥面上，四周除了滚滚的江水，连一处可以隐蔽的地方都没有。可是你看，面对郎琦举起的镜头，他们也举起手中的铁锹，挥舞致意，仿佛在说：“就算把河水炸干，这个桥也炸不断！”那一张张洋溢着自豪与自信的笑脸，即便在黑夜中也分外夺目，看不出一丝对死亡的畏惧。

用修建的速度与轰炸的速度抗衡，这恐怕是生于和平年代的每一个人想都不敢想的事情。

在这条炸不断的运输线上，还有那么一个群体颇让郎琦钦佩和同情，他们，便是昼伏夜行，用生命在运输的汽车兵。每当郎琦去后勤部采访，总要去汽车队看一看。

如果有人说现如今的驾照太难考，那他一定是不知道，当年要想拿到朝鲜战场上的驾驶证，是多么不容易的事情。由于在这里需要时刻注意防空，夜间对火光、灯光有着严格的管制，为了能在夜间达到隐蔽效果，有一项考试是无车灯夜行。

在汽车兵的驾驶证上，除了写有“遵守交通规则”“无论何时不准酗酒”“不准与他人谈笑”等现在也适用的驾驶纪

⊙ 汽车兵在临时修理厂抢修汽车 1952年 朝鲜

⊙ 一等功臣“独眼英雄”高富 1952年 朝鲜

⊙ 齐心协力推拉抛锚汽车 1952年 朝鲜成川

⊙ 正在刨冰坎的汽车兵 1952年 朝鲜成川

律，还写有“严格遵守三大纪律，八项注意”“提高警惕随时防空”等，其中“保证运输物资安全及时送到目的地”一条，被他们视作高于生命的头号守则——因为他们知道，这一车车物资关乎前线无数战士的命运乃至祖国的命运。

为了这条守则，汽车兵居无定所，食无定时。白天，他们将车辆就地伪装，进行检修；晚上，他们争分夺秒，穿行于夜色之中。将物资运达目的地后，常会遇上前线下来的伤病员或俘虏，这时便要拉上他们，又马不停蹄地向医院转移。

有人说，如果将朝鲜半岛上的千丘万壑摊平，可以覆盖地球上全部的陆地。朝鲜百川纵横，山高路陡，崎岖的路面冬季冰雪覆盖，雨季泥泞坑洼。每天行驶在这样恶劣的环境中，已经是极大的挑战，而敌机的不断袭扰更如雪上加霜。为了对付汽车兵这个普通又特殊的群体，敌人无所不用其极：不光使用照明弹、探照灯、燃烧弹等四处搜寻他们的踪迹并进行轰炸，还在路面上大量抛撒四角钉，或刻意制造弹坑，干扰他们的行进。在汽车队内部有这样一条用以自嘲的顺口溜：“空中点灯，地上撒钉，路上炸坑，专打汽车兵。”

所以，在朝鲜战场上，交通事故的发生是非常频繁的，汽车兵安全行驶一万公里，就能荣立一等功了。

有一次，郎琦拎了些罐头专门赶往汽车队，一是为了采访刚刚荣立一等功的“独眼英雄”高富，一是为了表示慰问——因为就在几天前，一位汽车兵载着与郎琦同处一个宣传处的干事谢蕾外出办事，途中因翻车起火，两个人都不幸牺牲了。谢蕾，年纪不大，恋人姓王，也是一名志愿军干部。二人本约定好，战争一结束便立刻回国结婚，可他们却没能等到那一天的到来。翻车的时候，谢蕾的恋人刚刚送走他们，就站在不远处，本是脉脉含情的驻足，却让他目睹了足以使他五内俱崩的画面：他最爱的女孩儿就在他眼前被活活烧死了。关于谢蕾的不幸到此还没有结束，不久后她的弟弟也入朝作战，然而还没等到达目的地，就因意外翻车摔断了腿。围绕这同一个人的悲剧已足够我们想见，当年的朝鲜战场是怎样的危机四伏。

为了防止敌机夜袭，保障夜间行驶安全，后来经过斗争实践，中朝军民发明了一套土办法——打防空枪。在交通要道沿线，每隔五百米一千米，就设置一个对空监视哨。没有飞机的时候，汽车可以开灯速行，一旦飞机临空，哨岗就立即鸣枪警示，司机听到枪响便熄灭车灯，迅速隐蔽。有首长十分幽默地这样称赞道："敌人有雷达，咱们有'人'达。"在残酷艰苦的抗美援朝战争中，中朝军民就是这样凭借勇气和智慧，与世界上最先进的国家抗衡。

世界著名摄影大师乔·麦克纳利有一句名言："别把相机收起来，除非你要离开拍摄现场。"在朝鲜战场上，可谓时时处处皆现场。行走在朝鲜的每一天，郎琦机不离身，那台相机，就是他形影不离的战友和武器。

郎琦拍下的照片，每积累一些，便冲洗出来在军中展览。

虽然洗出来的照片不过掌心大小，但战士们热情地争相观看，就犹如看到了胜利的曙光。

如今我们用现在的审美回看许多老照片，时常会发现种种缺憾；但是要知道，那是个没有任何广角、望远镜头等辅助设备的年代，是胶卷稀缺没有试错机会的年代，是分秒必争常来不及布局构图的年代，是冲洗环境十分恶劣的年代……无论是解放战争时期，还是抗美援朝时期，郎琦冲洗照片的条件都是非常有限的：向老乡借一个房间，把窗户遮住，面前放上三只碗，分别倒上显影液、水、定影液，就再没有其他工具可以借助，只有一双手。

“歌颂我们的先进，暴露敌人的罪恶。”在朝期间，郎琦凭借这一颗在哈尔滨摄影培训班时的初心，在炮火间四处奔走。郎琦记不清自己究竟遭遇了多少次敌机的扫射，但那每天盘旋在头顶的机群，已深深刻入了他的脑海。时至今日，回想七十年前朝鲜战场上的一幕幕，郎琦依然记忆犹新：“……机群B29，不用俯冲投弹，可以在高空就完成准确投弹；F80机群，因为在机翼上挂油箱，被我们戏称为‘油挑子’；还有低空飞行的，野马式P51……这些飞机总是组成大的机群，一起来轰炸我们……”

就这样日复一日，郎琦练就了一项特殊的本领：根据飞行的声音，便能判断机型、位置和距离，提前进行隐蔽。可纵是如此，郎琦还是在一次采访途中遭遇了意外。

4. 坎坷的救治之路

说来讽刺，郎琦遭遇意外的时候，正值所谓的停战谈判期间。

1951年夏，志愿军入朝后发动的第五次战役再次告捷，团结英勇的中朝军民将战线稳定在了“三八线”附近。此时，接连遭受打击的美国，不得不重新审视中朝这两个年轻的社会主义国家，并接受了苏联政府提出的关于和平解决朝鲜问题的建议。

可这停战谈判进行得并不顺利，多方的矛盾始终无法调和。在这种情况下，缺乏诚意的美国一边以拖待变，一边继续在战场上实施袭扰，企图以军事压力使中朝方面屈服。

7月的一个夜里，郎琦和战友苗景阳，以及另外一名通讯员，在新幕执行任务后乘车返回驻地。随着路旁的防空枪接连响起，他们知道，美国的飞机又来了。

万幸的是，因为司机灭灯及时，轰炸机并没有发现他们的踪迹；可不幸的是，因为事发突然，车辆在黑暗中翻下了山坡。

流血断骨的疼痛瞬间席卷了车厢，然而四个人不约而同做的第一件事，都是轻唤彼此的名字，确认大家都还活着，之后才一点点儿尝试从车里往外爬。这一动不要紧，郎琦这才意识到浑身的零部件没有不疼的，一只手挫伤了，锁骨骨折了，肩膀也脱臼了。苗景阳更是动弹不得，不光头部受了重伤，还把腿摔断了。挂了彩的四个人，一直折腾到第二天下午，才到达兵站医院。

你以为到此就可以安心接受救治了吗？不，救治之路才刚刚开始。因兵站条件有限，像郎琦和苗景阳这样的伤病员，只能在此接受简单的包扎。很快，二人又坐上吉普车，继续往后方医院转移。

郎琦永远也忘不了那辆吉普车——那是一辆破旧不堪的吉普车，破到消音器已经失灵，人坐在车里，只听得满耳的“啪嗒”声响，却听不到外面任何一点儿声音。经过前一夜的翻车事故，死里逃生的郎琦、苗景阳二人本就惊魂未定，如今又坐上这么一辆车，连听防空枪的机会都没有了，说一路把心提到嗓子眼儿也不为过。

经过一路的胆战心惊，夜深了，车也总算停了，可是下了车，眼前不是医院，而是一处临时接待站：三间没门没窗的草房，在地上铺上干草即为床。中间那间草房里，躺着一名负伤的美国战俘，还有一位来自黑龙江的齐姓担架队员正在照顾他。美国大兵咿咿呀呀地不停呻吟着，不时用蹩脚的中文呼唤着“老齐……老齐”，看样子，二人的相处已经有些时日了。

疲惫不堪的郎琦和苗景阳来到隔壁的房间，在草垫上躺了下来。可还没躺上两分钟，二人就腾地又坐了起来。原来这干草里满是跳蚤，一口接一口地咬得人受不了。二人彼此搀扶着起了身，到门口的大石头上互相倚靠着坐了一整夜，直到天亮才继续赶路，最后终于到达了西浦战地医院。

此时，已是他们负伤后的第三天。

可是，就在二人即将接受手术的时候，美军对平壤开始了新一轮的轰炸。由于西浦距离平壤只有十几公里，敌机会在西浦上空完成俯冲，在这种形势下，西浦陷入了极度危险的境地，医院决定将重伤员全部转移回国。然而雪上加霜的是，此时天灾人祸切断了回国的路。

1950年，朝鲜遭遇了五十年来最冷的冬天，而1951年，朝鲜又迎来了四十年来最大的洪水。时逢雨季，清川江水在一天中猛涨数米，清川江大桥早已被美军炸毁，临时性桥梁也全部被洪水冲垮卷走。

就这样，大量的伤员都滞留在了西浦战地医院，等待回国进行手术。在漫长的等待中，郎琦待身体稍稍灵便了些，便用一只手拿起相机，在医院里再度投入了工作。

西浦这家战地医院其实就是一排土平房，是用民居改造的，有限的空间里住满了人，环境十分简陋。但在有限的条件下，白衣天使们不分昼夜地忙碌着，在隆隆的轰炸声中有条不紊地救治着一批又一批的伤病员。特别需要说明的是，朝鲜战场上的许多医务人员并不是现役军人，而是来自上海、北京、天津、沈阳、南京等地的志愿医疗团；可他们和军人一样不畏生死，深入前线，和卫生员等共同担负起了复杂艰巨的医疗救

⊙ 西浦战地医院（组图） 1951年7月 朝鲜西浦

护工作。在整个抗美援朝战争期间，白衣战士们克服种种艰难险阻，先后救治伤员38.3万名，这是革命英雄主义和人道主义共同创造的战场救护史上的奇迹。

更让郎琦泪目的是，那些负伤的志愿军战士虽然在睡梦或昏迷中失去了意识，有的却依然保持着战斗的姿态，不时高声喊出“冲啊”“杀啊”；有的则不断呢喃着什么人的名字，在那份牵挂背后，他是谁的丈夫、谁的父亲，又是谁的儿子、谁的兄弟？这丹心碧血，天见亦怜。

在西浦足足被困了二十多天后，准备回国的伤病员才在一个夜里坐上了渡过清川江的船。

又一段艰难曲折的冒险开始了。

因为人数众多，为了便于组织管理，伤病员们被编成了不同的小队。郎琦被指派为第九伤病大队的队长。一行人过了清川江后，在当晚坐上了一辆闷罐火车。

行至深夜，漆黑安静的车厢内渐渐响起了鼾声：他们太累了，累到甚至忘记了伤痛，接连进入了梦乡，也许一觉醒来，祖国就近在咫尺了……

可残酷的现实很快就碾碎了他们的梦，正当火车在定州临时停靠的时候，随着一颗照明弹从天而降，黑夜瞬间亮如白昼，紧接着密集的机关炮在耳边响起！几秒前还安然静默的车厢，顿时乱作一团！

危急关头，伤病员们纷纷拥到车门处急欲跳车，郎琦从车窗向外看去，发现此时车外的境地比车内更加危险，立即大声喊道："大家先不要下车，不要下车！听我指挥！"

郎琦屏住呼吸，紧紧地盯向窗外，同时用耳朵仔细捕捉着飞行和射击的规律，很快，他敏锐地发现飞机突然调转了方向，开始顺着火车纵向打击，这是稍纵即逝的逃生时机！"下车，大家赶紧下车！"郎琦指挥道。千钧一发之际，郎琦还不忘到旁边的车厢提醒其他大队一同逃生。

那可是一群伤病员哪，瘸的瘸，拐的拐，在彼此搀扶中纷纷逃下了车。

郎琦强忍伤痛，一边小心护着图囊和相机，一边拉扯着走路不便的苗景阳，带着第九伤兵大队穿过草地，蹚过小河，一直躲到了山崖之下。一轮接一轮的轰炸声不断从远处传来，许久才恢复夜的平静。直到天蒙蒙亮，郎琦才带领大家小心翼翼地返回原处，只见除了火车头还在无恙地呲呲冒着烟，当时没有跳车的人，都已经牺牲在了车厢里。

接下来的曲折，笔者就不再一一赘述了，总之，郎琦和苗景阳一路辗转，在车站又逃过了一次轰炸，最后是在路边拦了一辆回国的卡车，坐着空汽油桶回到了安东，最终在吉林市十二陆军医院接受了手术。

术前，一名来自安徽志愿医疗团的护士关心地问道："这个手术要全麻，郎琦记者你害怕吗？"

"不害怕，你放心吧。"郎琦反过来安慰道。对于一个每

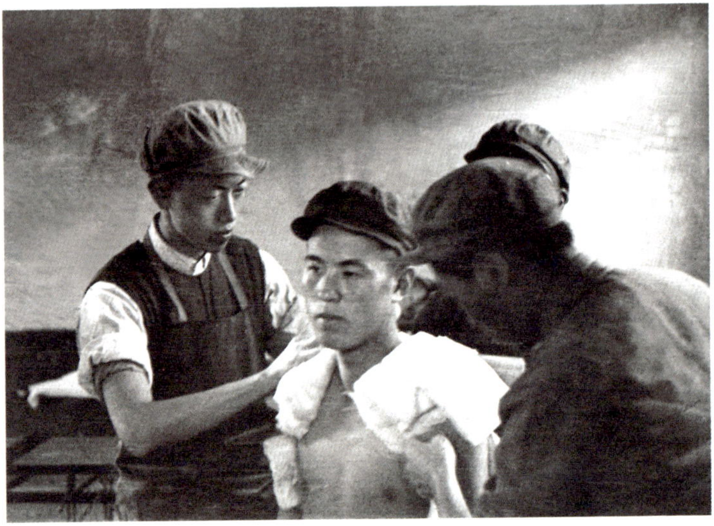

医生在为郎琦打石膏 1951年 吉林十二陆军医院

天在朝鲜战场上和死神打交道的人来说，一场手术又算得了什么呢？

翻车后一个月，郎琦肩部的断骨终于用不锈钢钢丝缠了起来。

肉体的创伤，总归有愈合的一天，经过悉心治疗和休养，郎琦的肩膀一天天好了起来；可心灵的打击，却使他陷入了不可自拔的悲恸。在住院期间，郎琦接到了请他去锦州留守处取郎魁珊遗物的电话，原来弟弟半年前就已经牺牲了！回想弟弟短暂的人生——从小在家里过的是穷苦日子，小学没读完就辍学离家当了学徒，还没成年就跟着自己参军打仗，哪享过一天福？郎琦4月份入朝后，常期待能在战场上偶遇弟弟，就像当年在固安一样，哪怕只有匆匆几分钟，或者只是远远看上一眼也好，他哪里想到，郎魁珊在2月就已经血洒砥平里[①]。

“我们什么时候还能再相见呢？”郎魁珊对哥哥的那一份想念，再也不会有下文。

“我很难过，也为他自豪。”如今郎琦说起自己的弟弟，依旧眼含泪光。在他的书房里，始终如一地摆放着郎魁珊入朝后寄给他的照片，还有当年兄弟俩在固安见最后一面时留下的合影。七十年过去了，照片上的两个至亲至爱的年轻人，一个已步入鲐背之年，一个永远停留在了二十三岁。郎琦曾多次既惋惜又骄傲地指着照片对笔者说：“你看，我弟弟多帅啊……”

当我被侵略者的子弹打中，
希望你不要在我的尸体前面停留，
应该继续勇敢地前进，
为千万朝鲜人民和牺牲的同志报仇……[②]

可以说，郎魁珊的牺牲，极大地刺激了郎琦，也激发了他潜在的能量。“我不努力工作，对得起那些死去的战士吗？”

---

① 郎魁珊牺牲于1951年2月13日—15日的砥平里战斗。

② 语出抗美援朝英雄罗盛教。

⊙ 田间课堂 1951年 吉林敦化县成记号村

这一句自问自省，成为郎琦日后不断鞭策自己的动力。

伤情还未完全恢复，郎琦就带上相机跑出了医院。他深知，那些还在前线浴血奋战的战士，太想知道祖国和人民都怎么样了，他必须在回到战场之前，替他们看一看。

彼时，祖国人民正在积极响应文化扫盲运动，努力学习文化；爱国丰产运动也在积极开展，农民互帮互助，科学种田；因为有特务时常渗透到我延边地区搜集情报，大搞反动宣传，中朝边境的妇女也端起了枪，在村口站岗放哨，严加防范……在祖国的大后方，人们全都心系前线，在用自己的方式支援祖国。

11月，郎琦将这一个个瞬间，带回了朝鲜战场，带给了那些最可爱的人。

5. 重返战场

郎琦重返朝鲜的时候，战争依然是在谈判中停停打打。

战场虽然还是那个战场，可郎琦手中那特殊的武器却变得比以往任何时候都要锐利。归来的他开始每天只做两件事：一件是努力活着，一件是更加努力地工作。

这一时期，志愿军已在谈判的僵局中做好了持久作战的准备，根据夏秋季防御的经验，将作战方式调整为以战壕为依托的阵地战。刚刚从鬼门关走了一圈的郎琦，深入到了更为危险的前沿阵地。

如果没有经历过战争，你会觉得，战争和战争电影差不多。

如果亲身经历，你会知道，火箭弹在离你二百米的距离爆炸，不仅带来巨响和硝烟，还有巨大的热浪裹挟着沙子扑到你脸上。

你会知道，子弹从你头顶上面划过的时候，不仅是嗖嗖作响，还会振动着撕裂空气。

你会知道，即便你卧倒在地、即便身边有你的同伴按住你的脑袋、即便你觉得自己做了一切可以做的，你也能体会什么叫作无助，因为你不知道下一颗炮弹会落在哪里……

曾经深入利比亚、乌克兰等战地的中国记者袁文逸，曾在一次题为《如果没有明天》的演讲中这样描述她眼中的战争。是的，如今的影视剧不过是为久居和平的人们创作的艺术品，真实的战争是炼狱的模样，在这里，没有人会戴上主角光环，刚刚还在身边说话的大活人，可能转眼间就灰飞烟灭……那绝不仅仅是“如果没有明天”，而是如果没有下一分、没有下一秒。

在这座无限接近死亡的人间炼狱中，能够对抗死神的，或许只有信仰。为了换取祖国人民的安宁，身处异国他乡的志愿军战士虽然没有防弹背心和钢盔；虽然端着普通的步枪，配着有限的子弹；虽然手中制造粗劣的手榴弹，爆炸力还不及美军的一半……但是，他们“轻伤不下火线，重伤不哭”，只要冲锋号响起，哪管前面枪林弹雨、炮火纷飞。在敌人的眼里，志愿军的冲锋号简直就是噩梦的代名词，许多美国大兵将它看作中国式的精神战，因为每每号声响起，都意味着流水般的冲锋将会不死不止，不胜不休。身为一名特殊的战士，郎琦虽不能同他们一样实枪荷弹地冲锋陷阵，却是同样在硝烟弥漫中出生入死，正是因为战场上有着像他这样特殊的眼睛，才使得世人得以窥见战争真实的模样。

郎琦以其个人审美和摄影风格，在朝期间多聚焦于无辜平民的苦难和中朝军民的日常，对战争也多是从侧面进行拍摄，极少将镜头直接对准赤裸的死亡。可是在又一次惨烈的战斗

⊙ 侵略者的下场 1952年 朝鲜

⊙ 冲出战壕 1952年 朝鲜

⊙ 无畏冲锋 1952年12月 朝鲜

后，他罕见地将一位内脏外露的美国空军收入了镜头，并将这张照片命名为“侵略者的下场”，内心的愤恨尽见其中，自不待言。

真实的战争，只会比照片更加残酷。但残酷的尽头，并非这些触目惊心的画面，而是撕裂了底线的人性之渊。

就在中朝军队加强构筑坑道工事，致使美军难以从正面突破防御后，1952年2月，为了打破阵地对峙的相持局面，美军除了通过绞杀战更加疯狂地轰炸前线阵地和后方运输线，竟还

⊙ 志愿军正在清理细菌弹 1952年3月 朝鲜成川

⊙ 罪恶的物证 1952年3月 朝鲜成川

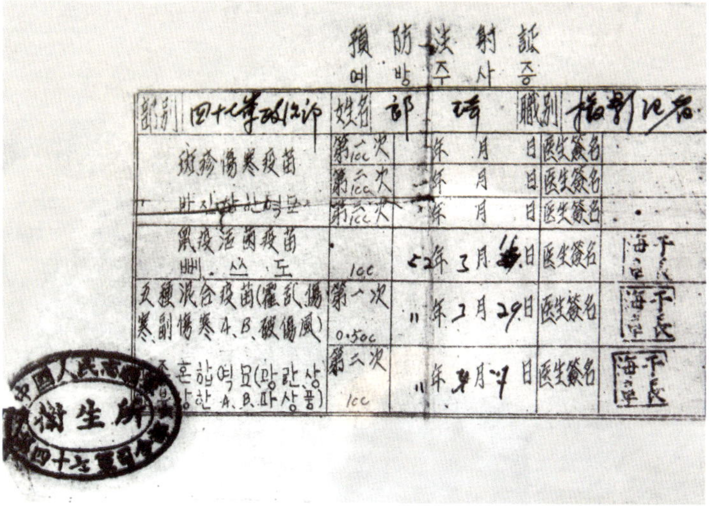

預防注射証
예방주사증

部別	四十七军政治部	姓名	郎	琦	職別	摄影记者
斑疹傷寒疫苗		第一次 1cc	年	月	日	医生簽名
		第二次 1cc	年	月	日	医生簽名
[illegible]		第三次 1cc	年	月	日	医生簽名
鼠疫活菌疫苗 [illegible]		1cc	52年	3月	[illegible]日	医生簽名
五種混合疫苗(霍乱、傷寒、副傷寒A、B、破傷風)		第一次 0.50c	〃年	2月	29日	医生簽名
[illegible]		第二次 1cc	〃年	[illegible]月	[illegible]日	医生簽名

⊙ 郎琦在朝期间接受防疫注射的证件

通过飞机大炮，将几枚特殊的炮弹投向成川郡的水源和交通要道，携带着鼠疫、痢疾等病菌的苍蝇、蚂蚁、跳蚤等昆虫，随着炮弹的落地迅速扩散。

你没看错，黔驴技穷的美军竟公然违反国际联盟禁止细菌战的《日内瓦议定书》，向朝鲜战场投放了反人类、反文明、反伦理的细菌弹！

细菌弹的落地，令部队尤其是无辜的百姓陷入了巨大的恐慌，中朝军民立即展开了疫情监视和防疫灭疫工作。为了迅速清理细菌弹的遗留物，中国志愿军仅靠注射预防针便赶往现场。关于美国在朝鲜战争中发动细菌战的历史，至今别有用心的人仍时常发起论战，百般抵赖，但身为历史的证人，郎琦拍

⊙ 朝鲜人民依依送别志愿军 1952年3月 朝鲜成川

下的种种罪恶的物证，容不得任何颠覆。一张保留至今的预防注射证上清楚地记录着，郎琦于1952年3月，分三次注射了鼠疫活菌疫苗和霍乱、伤寒、副伤寒、流脑、破伤风五种混合疫苗。

或许越是无限接近死亡，越能理解生的意义；越是身处黑暗，越能看到光明。美国投下细菌弹的那一刻应该不会想到，他们灭绝人性的阴谋最终不但没能得逞，反而激发了对手更为强大的战斗力。当谁也不知道明天与死亡哪一个先来，人与人的关系变得格外纯粹，战友之间、百姓之间、志愿军与百姓之间、跨越国别的两个民族之间，都在共同反绞杀、反细菌战的过程中，结下了越来越深厚的情谊，筑就了越来越坚实的壁垒。

在成川郡驻防期间，郎琦被中朝军民间的鱼水情深，深深打动了。

说起志愿军与朝鲜人民之间的故事，最为后世所熟知的，可能要数志愿军战士罗盛教为抢救朝鲜落水儿童壮烈牺牲的故事，他便是出自47军。可中朝军民之间的动人故事，不只有那些轰轰烈烈的壮举，还在每一个看似平凡的点点滴滴之中。

回顾志愿军初入朝的时候，因为人地生疏，言语不通，曾被朝鲜人民称为“哑巴军”。可经过长时间的接触，不仅战士们学会了“老乡”“辛苦了”“谢谢”“再见”“不要怕”等朝鲜话，朝鲜人民也会用中文说“你好”“不客气”“毛泽东万岁”……

借住在朝鲜人民家中的志愿军，不仅将自己没吃完的食物、换季的衣服送给他们，还帮他们兴修水利、劈柴种田，真正做到了入朝时宣过的那句誓言：爱护朝鲜的一山一水，一草一木。而那些淳朴善良的朝鲜人民，也把志愿军战士当作自己的家人，为他们洗补衣物，照顾伤员，甚至自发组织了运输队、担架队、修复队和站岗放哨的自卫队，冒着空袭危险去救

⊙ 志愿军帮助朝鲜人民除草 1952年 朝鲜温井

⊙ 朝鲜人民照顾志愿军伤病员 1952年 朝鲜温井

⊙ 志愿军帮助朝鲜人民修水利 1953年 朝鲜

⊙ 志愿军帮助朝鲜人民制作打糕 1952年 朝鲜温井

运伤员，运粮修路。每当志愿军战士要前往新的驻地，老乡们依依不舍、反复叮咛的场景就如同在送别自己的血亲，总是惹人泪下。

那时候，郎琦因为采访每天早出晚归，不仅相机不离身，还要随身携带手电筒。可当年的老式手电筒十分笨重，内置三节一号电池，足有两掌多长，携带十分不便。有一天郎琦去汽车队采访，战友将一份特别的礼物转交给他："郎记者，这是一个朝鲜老乡让我给你的。"郎琦接过一看，竟是一只灰色的手电筒套，不仅做工精良，还是缎面的。原来，郎琦在这位老乡家借宿的时候，老乡见他随身物品太多，出入不便，便默默为他缝制了一只装手电筒的套子。可不擅表达的老乡不好意思当面送给他，便在郎琦离开后，托郎琦的战友转交。这只精致的手电筒套，在两端缝有一条长长的背带，把手电筒装进去后，就可以轻松地挂在身上了，大大减轻了郎琦的负担。这一件小事，足以看出朝鲜人民的细心和淳朴。

行走于朝鲜战场的郎琦，也被志愿军战士和祖国间的彼此牵挂，深深打动了。

去高射炮部队的一次采访，让郎琦至今无法忘怀。

那次采访始于高射炮部队成功击落了美军战机。为了表示庆贺和慰问，去之前，郎琦想准备些礼物。可带什么礼物去比较好呢？思来想去，最后郎琦在宣传处整理了几份国内最新的报纸。

"'祖国'这两个字说得容易，可到底什么是祖国？身在朝鲜的我们，深有体会。父母、亲人在的地方叫祖国，生我养我的地方叫祖国。每天在战场上，最想念的就是祖国。想知道亲人的消息，知道祖国的近况……所以我觉得，来自祖国的报纸，就是最好的礼物。"郎琦这样解释说。

恐怕只有同呼吸、共命运的生死兄弟，才能如此惺惺相惜地挑选出这样特别的礼物。的确，在朝鲜战场上，每当清理志愿军烈士身上的遗物，找到最多的总是家信和慰问信，对身处异国他乡的战士们来说，祖国在心中的分量超过一切。

那一次郎琦对高射炮兵的采访，是在阵地上进行的。由于敌机来得突然，去得也快，对空作战可谓分秒决定胜负，所以无论什么时候，高射炮兵都不能离岗。见郎记者来了，几位炮兵兴奋地将他招呼到高射炮旁，迫不及待地读起了报纸。

最后胜利的预告——为纪念中国人民志愿军抗美援朝两周年而作……

迎接世界人民和平大会，德、意、英、加等国人民加紧进行筹备……

联合国大会继续进行一般辩论，捷代表强调必须制止侵朝战争，并制止美国侵略者使用细菌武器的罪行……

华北区物资交流大会成交总额突破四万亿元，

现正采取有效措施大量推销工业品……

拖拉机来到了四川南充县……

不讲究耕作技术，好地也会变成坏地……

华北各地青年团组织协助人民政府推广速成识字运动……

必须彻底改革司法工作，论新中国人民革命法制的建设……

在朗朗的读报声中，年轻的小伙子们侧耳倾听，全神贯注，不愿错过一个字。他们如同听到了来自亲人和祖国的问候，看到了祖国建设的美好未来，胜利的曙光仿佛就在眼前。

身在朝鲜的志愿军战士想念祖国，祖国更是时刻牵挂着前线的儿女。在祖国的大后方，各阶层人民踊跃参军参战，订立爱国公约，捐献飞机大炮，开展增产节约运动……用各种方式投入到抗美援朝的斗争中。郎琦每次去后勤部采访，都能看见从国内源源不断运来的物资：大米、面包、香肠、饼干、花生米、黄花菜、鸡蛋粉……“一把炒面一把雪”的日子，在祖国的牵挂中一去不复返了！

⊙ 战地读报 1952年 朝鲜

⊙ 来自国内的物资 1953年 朝鲜

如今，在中国人民革命军事博物馆里，陈列着一份已经褪了色的工作记录，它来自七十年前的香玉剧社。上面真实地记录了豫剧大师常香玉与丈夫陈宪章在半年里率香玉剧社东奔西走，北上南下，到六省七市巡回义演一百七十八场的情况。

半年里一百七十八场是什么概念？平均每天一场。早在20世纪40年代就已经红遍中原大地的豫剧大师，何必如此拼命？

原来，抗美援朝战争打响后，常香玉夫妇得知我军战士缺衣少食、装备落后、饱受空中强盗的欺凌，二人便于1951年将我国著名的巾帼英雄花木兰的故事改编成了豫剧，决定通过义演筹款，为志愿军捐献一架战斗机，支援空军建设。

当时，一架苏制米格15战斗机的价格大概是十五亿元（旧币），要知道，那时一毛钱就可以买十二个鸡蛋了，十五亿元无疑是个天文数字，难怪会有人说，常香玉想要捐飞机的想法简直就是痴人说梦，别说捐飞机了，大炮她都捐不起。可常香玉夫妇还是毅然决然地变卖了家里值钱的东西作为路费，带领香玉剧社踏上了巡回义演之路。他们留在家里的三个孩子，最小的只有三岁，最大的也不过六岁。

在他们的带动下，不仅剧社的全体演职人员爱国热情高涨，不辞辛苦，剧社所到之处也是一票难求，场场爆满，演出现场就是热烈的捐款捐物现场：在广州的一次义演中，一名叫梁慧珍的印尼华侨当场捐出了自己价值连城的金表；在开封，一对年迈的夫妇虽然财力有限，却从几十里外送来了两篮新鲜的鸡蛋……就这样，半年后，经过踏遍大半个中国的马拉松式义演，“香玉剧社号”米格15战机如愿开赴了抗美援朝的战场。

香玉剧社的老社员韩玉生动情地回忆说：“现在有时候提起这些事，我心里还是很激动。与其说常香玉捐了一架飞机，不如说是全国人民捐了一架飞机。”

1952年5月31日，全国范围的捐献运动宣布结束，捐款总额高达五万五千多亿元（旧币），可购买战斗机三千七百一十架。1953年春，香玉剧社奔赴朝鲜的时候，各行各业捐献的战机正翱翔在天空中与敌人做着殊死较量。在那里，常香玉和将士们一样爬冰卧雪，上阵地，钻坑道，冒着敌人的枪林弹雨慰

⊙ 豫剧大师常香玉在朝鲜前线 1953年

问演出在阵地最前沿。

这天，郎琦听闻常香玉来到驻地司令部演出，立刻赶了十几里山路第一时间从政治部到达演出现场。在一片树林间，郎琦看到大名鼎鼎的豫剧大师不施粉黛，穿着志愿军大衣，戴着军帽，正饱含深情，演绎着《花木兰》的唱段：

……许多女英雄，也把功劳建，为国杀敌是代代出英贤，这女子们哪一个不如儿男……

一曲《谁说女子不如男》，唱至动情处，常香玉不禁声泪俱下。眼前这些年轻的志愿军战士，尤其那些女兵，身形纤弱，正值芳华，却凭借一腔赤诚，同男人一样勇敢地出生入死，肩负着至关重要的医护救援工作，怎能不让人敬佩而关情，仰视又疼惜？有的姑娘听着听着便哭了，还有小伙子扭过身，偷偷地抹去眼角的泪水。演出结束后，常香玉紧紧地握住姑娘们的手，说道：

“你们就是当代的花木兰！”

常香玉这样的爱国者，不是第一个，更不是最后一个。

早在1951年4月，因为亿万中国人民心系前线，来自全国的各民主党派、各人民团体、各界各阶层代表便开始组建赴朝慰问团。他们不仅为志愿军战士送去慰问品、慰问信，随团的文艺工作者还在前线演出歌舞、曲艺、杂技、京剧、评剧，播放电影等，以此转达祖国人民的关怀和敬意。尽管第一届慰问团在赴朝后就发生了意外，相声名家常宝堃、曲艺弦师程树棠等人在演出时遭到轰炸不幸牺牲，可随后赴朝慰问的人数不减反增——第一届慰问团五百余人，第二届一千余人，到了第三届，人数已五千有余。老舍、梅兰芳、程砚秋、侯宝林、小白玉霜等家喻户晓的名人志士，都是其中的一员。

这一批又一批的慰问团，极大鼓舞了中朝军队的作战意志，是同样不应被遗忘的最可爱的人。

6. 伟大胜利

野火烧不尽，春风吹又生。

1953年3月，春的意志裹挟着上甘岭烈士的巍巍军魂，拂过千疮百孔的朝鲜战场。随着冰雪的消融，这片已在炮火中颤抖了三年的土地，又重新披上了新绿。顽强的志愿军战士也换下了血染的冬装，全面开展着反登陆的工作——敌人企图利用海空优势从侧后方登陆作战，意味着那一场在上甘岭持续了四十三天的鏖战[①]，已让他们对正面突破彻底绝望。

① 指惨烈而光辉的上甘岭战役。上甘岭战役是抗美援朝战争中最为著名的战役，被誉为“国魂之战”。

⊙ 构筑掩体 1952年 朝鲜

在这期间，随着部队的换防，郎琦住进了防空洞。

其实，住防空洞在朝鲜战场并不稀奇，在这片需要时刻注意防空的土地上，部队无论在哪里驻防，到达指定位置后，首要任务都是挖好防空洞，做好伪装。除了武器弹药，铁锹洋镐就是战士的第二生命，挖防空洞，挖战壕，全靠它们。这个防空洞之所以让郎琦记忆深刻，是因为以往的住处时常更换，但郎琦在这里从初春住到入秋，一住就是将近半年。

现在说起防空洞，我们第一时间想到的往往是那种有着坚固掩体的山中堡、地下城；但战时的临时防空洞，许多都不过是在一米多深的坑穴上，以有隐蔽效果的草木为盖顶搭建的。

郎琦住了近半年的防空洞 1953年 朝鲜

郎琦所住的防空洞，不足十平方米，就搭建在山腰的一片树林中。四处荒无人家，与他相伴的，唯有一片坟包。日常用水，冲洗照片，都需要到山下四五百米处打水。入夏后，这里便不再那样寂寞，因为蚊虫和蛇是登门的常客……

“快要入秋的时候，那片坟包上的草被太阳一晒，暖暖的，有时我就躺在上面，想事情……”郎琦回忆起住防空洞的那段时光，并没有向笔者讲述更多的艰苦，流露的情绪更多的像是一种满足。我一度想继续问他，那您都会想些什么呢？但转瞬的工夫，我觉得自己就能够找到答案。

那是一段突然跳入脑海的文字，来自儿时的语文课本——《谁是最可爱的人》：

……谁都知道，朝鲜战场是艰苦些。但他们是怎样想的呢？有一次，我见到一个战士，在防空洞里吃一口炒面，就一口雪。我问他：“你不觉得苦吗？”他把正送往嘴里的一勺雪收回来，笑了笑，说：“怎么能不觉得！咱们革命军队又不是个怪物！不过我们的光荣也就在这里。”他把小勺儿干脆放下，兴奋地说：“拿吃雪来说吧。我在这里吃雪，正是为了我们祖国的人民不吃雪。他们可以坐在挺豁亮的屋子里，泡上一壶茶，守住个小火炉子，想吃点什么，就做点什么。”他又指了指狭小潮湿的防空洞

⊙ 我们热爱和平
1953年 朝鲜

说：“你再比如蹲防空洞吧。多憋闷的慌哩。眼看着外面好好的太阳，光光的马路不能走！可是我在那里蹲防空洞，祖国的人民就可以不蹲防空洞呀。他们就可以在马路上不慌不忙地走呀。他们想骑车子也行，想走路也行，边溜跶边说话也行。那是多么幸福的呢！所以，”他又把雪放到嘴里，像总结似地说：“我在这里流点血不算什么，吃点苦又算什么哩！”

我相信，这就是问题的答案。当生死置于度外，那些坚守在朝鲜战场上的志愿军，还能想些什么呢？那一定是对亲人、对祖国、对人民的殷切思念，对停战与和平的期盼与向往。

这里有一张郎琦在防空洞中生活工作的缩影，或许能让我们更进一步地走进志愿军的内心世界。在狭小的空间里，郎琦坐在简陋的桌前，托着头微笑着，好像在畅想着什么。他的身后，一幅挂在墙上的宣传画分外醒目，两个看上去不过四五岁的孩子怀抱着和平鸽，下面用儿童体写着“我们热爱和（平）”。

可别小看了这幅画，说到它可是大有故事，在二十世纪五十年代可谓家喻户晓。

这幅画的底版出自《人民日报》的美术编辑阚文。1952年5月底，阚文受总编之命拍摄几幅以和平为主题的作品。正值“六一”儿童节前夕，阚文灵光一现，想到如果从孩子的角度呼唤和平，一定更具震撼力和影响力。从北海幼儿园园长那里，阙文得知许多孩子经常在北海公园放鸽子，于是便于5月31日约了一些摄影记者前往北海公园，最终在这里拍下了两个孩子怀抱和平鸽的画面。

这张照片本是黑白的，以“我们热爱和平”为题，于儿童节那天登上了《人民日报》头版。后来著名画家哈琼文将其绘上色彩，制成了精美的宣传画，湛蓝的天空愈显澄澈宁静，同时增加了几枝粉红的桃花作为陪衬，增强了安定美好的氛围，孩子的脸蛋也红扑扑的，显得更加阳光可爱。宣传画公开发行后，两个童真无邪的小天使紧紧抓住了每一颗热爱和平的心。一时间宣传画传遍大街小巷，被印在手帕、信封、笔记本、明信片、搪瓷杯等物件上；祖国人民送给志愿军的慰问品里，也少不了它，在朝鲜前线的战壕里、医院里、指挥部里、战俘营里，大都张贴着这幅画，小型的画片更是人手一张，成为志愿军战士保家卫国、捍卫世界和平的精神动力。这一年底，由宋庆龄、郭沫若等人组成的中国代表团携这幅宣传画参加了维也纳世界和平大会，并在异国向民众散发，推动了它在世界范围内的传播，许多外国画报都相继用它作为封面……

毋庸赘言，正是志愿军心中这千丝万缕的信念，才让烈火中不断涌现出可歌可泣的战斗英雄：

黄继光，二十二岁，在爆破任务意外失败后，为了给冲锋部队开辟道路，他在多处负伤的情况下顽强爬向火力点，用自己的胸膛毅然堵住了敌人的枪眼；

邱少云，二十七岁，在潜伏时不幸被燃烧弹击中，为了保证几百名一同潜伏的战友不被暴露，他一动不动地任凭烈火吞噬，直至壮烈牺牲；

杨根思，二十九岁，孙占元，二十八岁，在弹尽粮绝的时候，他们一个抱起五公斤的炸药包，一个拉响最后一只手雷，都做出了与敌人同归于尽的选择……

十九万七千六百五十三人，这是中华民族的英雄儿女长眠在朝鲜战场上的人数。正是无数志愿军战士的英勇无畏、舍生忘死，换来了最后的和平与自由。

1953年7月27日，由于漫长的朝鲜战争就像一个无底洞，让美军看不到胜利的希望，这一天美、朝、中三方终于签订了停战协定，世界人民保卫和平的运动取得了伟大胜利。美国远东军和所谓联合国军总司令克拉克在回忆录中这样写道："我获得了一个不值得羡慕的名声，我是美国历史上第一个在没有取得胜利的停战协定上签字的司令官。"

如今，这场战争已结束六十余年，但在各种搜索引擎中，关于它的讨论，高居榜首的依然是：一个世界公认最强大的国家的陆海空三军联合立体作战，为什么没能战胜两个贫穷落后的国家？

如果人们跟着郎琦的镜头，穿过血染的时光回到当年，去看看在美军炮火摧残下的朝鲜，去看看中朝两国军民在鲜血结成的友谊中如何休戚与共，生死相依，去看看他们反侵略求和平的决心和作战时的英勇顽强，便一定能为这个问题找到答案。

停战后，郎琦常年绷紧的神经终于松弛下来了，可他却如一根突然断掉的皮筋，一下子病倒了。8月初，罹患疟疾的他提前回国接受治疗，住进了哈尔滨一面坡的第二十九陆军医院。

刚回到祖国的时候，突如其来的和平环境，时常让郎琦感到恍惚，脑海中频频出现飞机在头顶盘旋轰炸的幻象。在很长一段时间里，带有红线装饰的衣服都会激起他情绪的波动，因为那是朝鲜人民军军服的标志，他对郎魁珊的记忆永远定格在了弟弟穿着人民军军服伪装入朝时，被相机记录下的那个瞬间。战争留在郎琦身上的创痛，也伴随了他的一生，肩伤留下的后遗症使他的左臂短了一截，不能抬举，再也提不了重物。

出院后，郎琦被核定为三等甲级残废军人，被安排至吉林省荣誉军人学校疗养读书。十几年前，在照相馆擦桌扫地、提水做饭的小郎琦，曾在多少个美梦中重返校园啊，可当梦想照进现实，他已经二十六岁了，他的人生已远非当初的模样，常年的奔走已使他再也无法割舍手中的相机。命运的安排，总是这般令人唏嘘，但命运的奇妙又总是峰回路转。郎琦的那一腔热血，接下来将何去何从呢？

第四章　硝烟散尽四季歌

走在和平的路上，连风都是甜的。

1．夏花：《吉林工人画报》

打得一拳开，免得百拳来。

抗美援朝战争的胜利，意味着“西方侵略者几百年来只要在东方的一个海岸上架起几尊大炮就可以霸占一个国家的时代是一去不复返了”。[①]这一场漂亮的立国之战，大大提高了新中国的国际地位和威望，为接下来的经济建设赢得了和平的保障。

此时，郎琦也迎来了他生命中的又一个转折点。带着残废军人的证明，他来到了吉林省优抚处，摆在面前的是两条路。

“你想转业还是复员？”接待郎琦的是优抚处的处长。

---

① 彭德怀《关于中国人民志愿军抗美援朝工作的报告》，《人民日报》，1953年9月13日。

“有什么区别呢？”

“复员，可以一次性给你十年的残废金，再额外给你一部分复员费，之后就不管你了。”

“那转业呢？”

“转业可以永远保留军籍，还能……”

“那不用说了。参加革命这么多年，我得要我的军籍。”

就这样，因着一个似乎不那么充分，又足够充分的理由，1953年末，二十七岁的郎琦结束了七年多的军旅生活，转业到了吉林省总工会，也终于和他正在吉林省医院工作的妻子团聚了。

这一年，他的女儿郎慧已经五岁了，在此之前，他和女儿只有过两段短暂相处的时光，一次是在她两个月的时候，另一次是在她三岁的时候。郎琦不只错过了她的出生，更错过了她的成长。面对突然出现在家中的父亲，郎慧怯怯地躲在母亲身后，眼里只有陌生。

也是在这个时候，郎琦才得知，被自己置于后方的家人这些年的日子过得要比他想象的艰难得多。关静当年因病转到地方后，工作很忙，又饱受疾病困扰，所以郎慧一出生就被送往姥爷家，家里买不起牛奶，全靠小米粥喂大。关静每天吃的也只是馒头夹咸菜，更是几年都舍不得买上一件新衣服。郎琦和战友苗景阳在朝鲜战场上负伤回国时，前来探望的关静只穿了条空心棉裤，里面连秋裤都没有。可即便这样，关静当时还是给苗景阳买了烟，以表达她对志愿军战士深深的敬意……

“这些事你怎么不早告诉我呢？”回想起战争年代，妻子寄给自己的家书，永远说的是一切安好，郎琦心痛不已。可妻子的良苦用心，他又怎会不懂呢？与其说他在埋怨妻子，不如说他在埋怨自己。

“要不是现在苦日子到头了，我还不能告诉你。”关静也没有正面回答他，而是用东北姑娘的坚韧和倔强，回应了二人之间的默契。

1954年，为了适应新形势的需要，新中国的行政区划进行了大规模的调整，长春被撤销了直辖市地位，并取代吉林市成为吉林省的省会。就在这一年，随着省直机关的迁移，郎琦举家来到了长春。

对于“长春”这个名字，郎琦并不陌生。这里曾是伪满洲国时期的“国都”，那时叫“新京”，曾一度跃居亚洲第一大都市；到了解放战争时期，作为东北重镇，长春成为国共两党争夺的战略要地，郎琦曾多次在周边驻防、采访，但真正踏进这座城市，这尚属第一次。

常年在败壁残垣与兵荒马乱间行走，郎琦确已太久没看过这样的大都市：纵横交错的马路平坦开阔，别有风格的建筑错落有致，行人三三两两，个个优哉游哉，不时有马车在路上踢踏作响。郎琦本是不喜欢秋的，一如他不喜欢黄昏，多愁善感的他，总是会在这样的时分被萧索和哀愁包围。但在这一个秋

⊙ 打谷场上大丰收 1957年 吉林榆树县

日，郎琦被闲适，被静美，被安宁，被一系列美好的词汇击中了，连被秋风卷起的落叶，也成了他眼中可爱的自由。

落户长春后，根据省工会宣传部的安排，郎琦开始和同事创办《吉林工人画报》。彼时正值“第一个五年计划”时期，祖国的各个角落都在为美好的明天努力开拓着，而这一张张全开大小的画报，就成了郎琦投身社会主义建设的新天地。

已做了六年随军记者的郎琦，此时再次拿起了相机，但他

⊙ 喜话丰收 1957年 吉林延吉

的镜头前，再也不是战争和死亡了。借用魏巍《谁是最可爱的人》中那段的话，从此他可以在好好的太阳下，在光光的马路上，不慌不忙地拍照了，可以坐在豁亮的屋子里，泡上一壶茶，守住个小火炉，安安心心地整理照片了……

不经历战争的人，永远不会真正体会到和平的可贵。郎琦眼中的和平年代，势必比别人更唯美。纵观他这一时期的摄影作品，无论是风光静物，还是人文纪实，这种唯美都冲破了镜头的阻隔，直达人心。他的作品也是从这个时候起，开始有了色彩：一望无际的天空是蔚蓝的，挥汗如雨的丰收是金黄的，欢腾跳跃的鱼儿是银亮的，漫山遍野的金达莱是紫红的……这些色彩来自眼前的新天地，更来自他的心间。

全国范围的经济恢复与建设，也为中国摄影的快速发展打开了窗口。1955年，为了繁荣艺术创作，给广大摄影工作者提供相互观摩和学习的机会，中国美术家协会联合人民日报社、新华通讯社、人民画报社、解放军画报社，在北京筹划了新中国成立以来的首次大型摄影展。

作为有着突出贡献的新中国第一代摄影记者，郎琦有幸受到摄影展的邀请。这一张珍贵的入场券，犹如一艘大船，载着郎琦驶向更为广阔的艺术海洋。

这场摄影展的规模无疑是空前的。展出的近三百幅作品取材丰富，风格各异，且几乎全部出自大师之手，吴印咸的《国际主义战士白求恩》、齐观山的《斗争》、郑景康的《画家齐白石》等中国摄影史中的经典名作，都是在此次展览后为人们知晓的。最让郎琦惊异的，还有那部分选自业余摄影爱好者的佳作，这些名不见经传的作品，竟也能带着大家风范。这一场几乎代表了新中国当时最高摄影水平的展览，让郎琦深受“山外青山”的震撼：不仅开阔了他的视野，丰富了他的摄影技巧，也使他与许多优秀的摄影人建立了更密切的联系，进一步激发了郎琦创作的热情。

⊙ 牧歌声声 1958年 吉林延吉

这一年，另一道阳光也照进了郎琦的世界——他的儿子出生了。一如那个时候的人们，常常将“建国”“解放”“建设”等作为名字，以表达对共产党领导下新中国的无比热爱，亲身经历了两次战争的郎琦，给儿子起名为“平”，寄希望于世界永远和平，再也不要有战争。

一个看似普通的名字，往往藏着一代人的故事，当人们起名有了越来越多的个性化的选择，有多少人能意识到，这也是一种来之不易的幸福呢?

2．秋叶：转战《吉林画报》

正当郎琦步入而立之年，事业与家庭都逐渐步入正轨的时候，1958年初，一个消息突然打破了既有的平静——《吉林工人画报》撤销了。

不过，接踵而至的转折让人很难说清，这对郎琦来讲到底是一个坏消息，还是一个好消息：在总工会等待下一步分配的郎琦，甚至还来不及因画报的撤销感怀，就成了众多媒体“争夺”的对象。不仅省内的知名报刊，如《延边日报》新成立的汉文版，向郎琦发出了邀请，连新华社也向他伸出了橄榄枝。

“来我们这儿吧，这里的发展空间更大，别埋没了你的才华。”说话的人叫葛立群，时任新华社的摄影记者，比郎琦小一岁，但比郎琦更早地投身革命，更早地进入摄影培训班学习，抗美援朝时期，也是一名在战场上出生入死的战地记者。相似的人生轨迹，总是会让人惺惺相惜。葛立群向社长吴冷西推荐了郎琦后，真诚地打来了电话。

新华社无疑是众多新闻工作者梦寐以求的地方，可当机会的大门向郎琦敞开，他却在门外犹豫了。

“……战争年代我将家人长年置于后方，和平年代我不该再这样了。”看着刚满三岁、在自己身边跑来跑去的儿子，想到女儿缺失父爱的幼年和妻子一个人扛下的所有，郎琦做出了这样的选择。

“那你留在吉林做特约通信员吧？”多次劝说无果后，惜才的葛立群又为郎琦指了一条路。

海内存知己，天涯若比邻。就这样，郎琦最终在葛立群的帮助下，成为新华社的特约通信员。这不仅为郎琦日后的创作提供了更广阔的平台，也缓解了他经济上的压力，新华社不仅会为选用的照片支付每幅四元的稿费，还会为郎琦提供采访所需的路费等必要开销。

命运给郎琦的回报，到此还没有结束。不久，新一轮的生产热潮滚滚而来，又将一个崭新的机会推到了郎琦的面前。

彼时，为了展示劳动人民的生产生活，全国各省都在纷纷创办画报。吉林因为缺少合适的办刊人选和地点，迟迟没有出刊。当吉林省文化局局长高叶得知省工会有这样一位拥有办报经验的摄影人才正在等待分配，说如获至宝也不为过。

很快，《吉林画报》的创刊工作主要落在了包括郎琦在内的三个人的肩上：

郎琦，任记者组长，负责采访摄影。另外两位同志，一位叫贾伊平，来自有着“新文艺圣殿”之称的延安鲁艺，任文化处长；另一位是书法家石东华，不仅写得一手好字，还写得一手好文章，画报的设计工作由他来负责。

甚至连专用的办公室都没有，小小的团队只在省群众艺术馆借了一间不过十平方米的房子，便开始了紧锣密鼓的创刊工作。

万事开头难。出版的方向，画报的定位，栏目的设置，装帧的设计，成本的测算……一系列的未知数，一时间都涌进了这个不足十平方米的小屋。头脑风暴在逼仄的空间里不分昼夜地刮着，猛烈得让他们忘记了自我，忘记了时间。郎琦已经不记得到底经历了多少天的“搏杀”，只记得世界在某一个瞬间突然亮了起来，一则面向大众的约稿函出炉了：

稿　约

本刊欢迎下列稿件，希摄影、美术工作者和关心、爱护本刊的广大读者，支持我们，踊跃赐稿：

1. 反映党的社会主义建设总路线为主题的新闻图片、专题摄影和美术作品（包括油画、水彩、国画、素描、速写、木刻、剪纸及美术小品、作品评论等）。

2. 反映我省地方特色，风土人情的艺术摄影。

3. 反映我省社会主义建设成就，人们新的精神面貌的美术创作连环画、漫画。

4. 民歌民谣、诗歌、文学速写及两千字以内的短篇小说、文字插图。

…………

短短二百余字，描绘出了一个新生命的轮廓，《吉林画报》作为一本展现吉林省各项事业新成就和人民生活新面貌的综合性美术刊物，向世界发出了第一声啼哭。

那是个人们对一切创造都富有热情的时代，郎琦很快便被纷至沓来的投稿淹没了。其中，一组名为《杨靖宇将军生活片段》的连环画，不禁勾起了郎琦对军旅生活的回忆。他毫不犹豫地将这组绘制精美的画稿选入了创刊号，希望每一位读者都能够忆苦思甜，珍惜眼前的幸福生活。

带着这份创刊的初心，郎琦也开始了他马不停蹄的采访——

他走进了长春新立城水库。为了改变长春市水源供应的紧张，水库全体职工和光荣的义务劳动大军，正与大自然开展着紧张的战斗；

他走进了洮南镇七街五十一组。在这“无风三尺土，下雨满街泥，立夏鹅毛住，石头滚子刮上树”的大风沙地区，人们正积极开展着爱国卫生运动，做到了“六净”（锅碗瓢盆净，门窗家具净，房梁地面净，墙周四壁净，衣服被褥身体净，街道院落净）、“六有”（人有厕，猪有圈，鸡鸭有架，污水有窖，垃圾有坑，户户有通风孔）：这里已成为全省的卫生模范；

他走进了戏院。为了使地方戏从内容到形式都得以提升，东北地方戏队正把二人转原有的舞蹈、唱腔同现代的表演艺术结合起来，排演着反映现实生活的拉场戏《错中错》；

他走进了部队。为了锻炼身体，保卫祖国，一名从未经过严格军事训练的卫生员在调到内卫部队后，通过二十天的刻苦锻炼，一跃成为“劳卫制”二级运动员；

他走进了矿山。农安人民发现当地蕴藏着极丰富的油母页岩矿，正迅速建起石油厂，一扫“穷农安，穷农安，地不打粮，又无矿山”的贫困景象；

…………

他还走进了千百年来一直人迹罕至、鸟兽遍野的处于原始沉睡状态的大沁他拉草原。

由于这里地下水位较高，土壤又多盐渍，开发极为困难。郎琦与一支农业勘测队在野外同吃同住，跟踪拍摄了他们不畏艰苦、开发荒原的一幕又一幕。在恶劣的环境中，开拓者们利用简陋的仪器进行着土壤和水质分析；他们顶着烈日，在及腰

⊙《吉林画报》书影

的杂草丛中开展着对野生植物的调查；蹚过泥沼，他们披荆斩棘；冒着淫雨，他们架起钻探……最终用豪迈的意愿，唤醒了六万公顷的草甸。

两个多月的时间里，郎琦走进了生产生活的方方面面。家乡的点滴变化，他既是见证者，也是记录者。1958年8月，

《吉林画报》创刊号正式与读者见面了，印数一万六千五百册，每册四角钱，封面图片正是郎琦在大沁他拉草原拍摄的，内文题为《草原苏醒了》。

如今，这本已存放于吉林画报社六十多年的创刊号早已泛黄，但岁月依然无法掩盖它的精美。这种美，不同于今天机械化制造出来的精致，而是那种一字一画出自手工的匠心之美。

“那次在大沁他拉的草原调查，我拍了一周多。”抚摩着这本“古董”，郎琦回忆道。

“拍一个选题就要那么久？”笔者没有想到，拍几张照片竟会耗费那么长的时间。

“这不算长的。每次外出采访都得几天。想要拍出好照片，你得深入生活。你到农村去，你到工厂去，只有深入生活，才能深入了解人家怎么生产。你报道一个人物，不是拿照相机把人照下来就行了，得神形兼备，既有他的形象，又有他的精神，这也需要跟他一起深入生活……”郎琦耐心地解释道。

“那这么多采访得拍多久呀？！”听完他的解释，笔者感到更加不可思议了。

“没办法。那时候搞摄影的少，所以采访任务很重。刚转业回来的时候，我很想好好补偿我的家人，多陪伴在他们身边。可后来我没有做到，工作起来我很少在家，在外面拍完这个，就接着拍那个……”

⊙ 送书到田间 1964年 吉林安图县

⊙ 山区乡邮员 1962年 吉林安图县

⊙ 农机耕地 1960年 吉林白城地区

一段很长时间的沉默过后，郎琦翻开他手中的创刊号，继续回忆道："当时缺人哪，但又不能让读者一看，都是郎琦的名字啊，我就化名。你看，这个'奇峰'——还有这个'奇峯'，其实都是我……"说起当年创刊的艰苦，郎琦还向笔者吐出这样一个"秘密"。

这种需要化名的尴尬在当年持续了很久，以至于尽管画报社后来陆续来了一些新人，郎琦还把当年在摄影培训班的同学请了过来，但他依然保持着自己惯有的节奏，丝毫没有放慢奔走的步伐。长期置身于时间短、任务重的工作环境中，郎琦慢慢总结出了一套套自己的经验，比如，同时采访几个临近对象的时候，要注意灵活分配时间。有一次，他要去延边拍摄边防战士，但因为缺少雪景，不足以展现戍守边疆的艰苦，完成基本拍摄后，他便立即赶赴下一个采访地点拍摄林业工人，等下雪了再回来补拍。这种方法被郎琦称为“交叉采访法”，是特殊时期不得已而为之的产物，但现在看来仍有着一定的借鉴意义。

如创刊号的封面文章写的那样——草原苏醒了，在这一时期苏醒的，还有九百六十万神州大地的每一寸角落，郎琦的摄影之路越走越宽，完成了对自我的一次次突破。

1959年2月，郎琦加入了中国摄影家协会总会。

1960年，他拍下了著名的《老社员》。这幅作品，其实并不是一幅单纯的肖像摄影，在郎琦的创作理念里，摄影与拍照最根本的不同在于，后者只是记录，前者重在表达，摄影师应该努力通过影像传递更深层次的情感和思想。20世纪50年代末至60年代初，正值三年困难时期，国民经济陷入困境，面对我国要自主研发“两弹一星”抵制帝国主义武力威胁的战略决策，有外国人嘲讽说“中国人穷得五个人穿一条裤子，还想搞什么导弹、原子弹”，刺痛了无数中国人的心。有一天，郎琦去榆树的闵家公社采访，看见一位老农民健康硬朗，笑容满

⊙ 老社员 1960年 吉林榆树县闵家公社

⊙ 巡防铁骑 1961年 吉林白城军马场

⊙ 悠悠牧歌 1959年 科尔沁草原

采药归来 1963年 吉林安图县

面，不禁受到感染，便举起相机拍了下来，以此来回击国际上的嘲讽，表达中国人民面对困难永不服输的乐观精神。[①]这幅作品在接下来的几年里，不仅入选了第六届全国摄影艺术展，还入选了国际摄影展，被送往亚洲、非洲、拉丁美洲等大洲的多国展出。

1961年，《吉林画报》因为经济原因休刊，许多同事纷纷调走，但郎琦和几位同志留了下来，带着对复刊的期待坚持在摄影工作的一线，用相机继续记录着时代印痕。

可正当三十几岁的郎琦满腔热忱，将他滚烫的热情全部投入摄影事业的时候，一场意想不到的寒潮席卷而来。

3．冬雪：十年一叹

1966年，新中国在社会主义道路的探索中遭遇了严重的失误和挫折，一场对文化的“革命”爆发了。

寒潮之中，文化艺术的百花园群芳凋零，从传入中国那天起就与国家命运紧紧相连的摄影自也难逃风霜。新闻摄影此时彻底沦为了政治和意识形态的工具，脱离“主流意识”的拍摄

① 1964年10月16日，我国第一颗原子弹爆炸成功，中国成为世界上第五个拥有原子弹的国家；1967年6月17日，我国第一颗氢弹空爆试验成功；1970年4月24日，我国第一颗人造卫星“东方红1号”发射成功。

⊙ 医务人员深入农村巡回医疗 1969年 吉林市

不仅会被看作旁门左道，甚至存在政治风险。

时代的一粒灰，落在个人身上就是一座山。对于千千万万的摄影工作者来说，这座山禁锢了绝大多数人的创造力，成了他们在艺术上难以跨越的障碍。

纵观郎琦在这一阶段的职务作品，也难逃时代的枷锁，大多呈现着鲜明的“文革”特征。为了配合当时的宣传方针，郎琦的取材十分局限，镜头主要面向各种典型，如勤工俭学的海龙五七中学，积极帮助农民研究农业生产困难问题的延边和龙县龙水供销社，踏雪到农村送医送药的城市医疗队等。这些作品无论构图还是采光，虽无不彰显着郎琦摄影扎实的功力和精湛的技艺，却常因过于追求完美而少了几许灵动，多了几分刻意。在当时的政治导向和审美取向下，许多摄影工作者都在摆拍和抓拍间迷惘徘徊，于摆中抓、抓中摆中艰难探索，在时代的浪潮中落入俗窠，实属无奈。

好在与此同时，郎琦的镜头犹如放大镜，带他看清了这个时代的细节。1973年，郎琦主动下放至“五七干校”劳动学习，更是进一步将自己与时代的脉搏同步。

⊙ 巡逻中的边防战士 1971年 吉林安图县

知识青年在野外捡拾粪肥 1964年 吉林东辽县

在果园里耕作的下乡青年 1972年 吉林延边园艺场

提到知识青年“上山下乡”运动，几乎人人都不陌生，郎琦的镜头也为此做过大量的记录；可历史上还有一次特殊的“上山下乡”，时下却鲜有人知，这便是“五七干校”。从字面上解释，“五七干校”就是各地为了贯彻“五七指示”而创办的干部学校，只是这学校比较特殊，是党政机关干部、科研文教部门的知识分子到农村接受贫下中农再教育的农场。许多

⊙ 人民群众热烈欢送知识青年“上山下乡” 1976年 吉林长春

⊙ 蒙古族女青年 1973年 内蒙古跃进军马场

著名的文化学者，都曾是这里的学员。

沈从文在“五七干校”期间，于日记中这样写道：“阴雨袭人，房中返潮，行动如在泥泞中。时有蟋蟀青蛙窜入，各不相妨，七十岁得此奇学习机会，亦人生难得乐事……”俞平伯亦有作《学搓麻绳》：“脱离劳动逾三世/回到农村学绩麻/鹅鸭塘边看新绿/依稀风景似归家。”诗人牛汉也曾在干校里借诗抒怀：“半棵树仍然直直地挺立着/长满了青青的枝叶/半棵树/还是一整棵树那样高/还是一整棵树那样伟岸。”这首著名的《半棵树》，便是以在泥泞中劳动的身影为原型所作……无须更多列举，这些文字记载足可见当时环境的艰苦和“五七战士”们吃苦耐劳的坚定、在困境中自得其乐的达观。

尽管当时有着“老弱病残者不下（干校）”的政策，但仅上文所举沈从文、俞平伯二位先生，进入干校时都已年届七十。身为残疾军人，郎琦这一特殊的身份本也可以不必到农村锻炼，然而倔强的他留下一句“去珍宝岛①我都不怕，我还怕这个”，便毅然打点行装主动前去吉林左家干校报道。到了那里后，主管领导得知郎琦身有残疾，为了照顾他，提出可以让他去校部继续搞摄影，但他又一次拒绝了特殊待遇，坚持要和其他人一样深入劳动。这一系列的决定，不仅在特殊时期进

① 指为保卫中国领土珍宝岛而战斗。1969年3月，苏联军队入侵位于中苏边境的珍宝岛，后在中国边防部队的自卫反击下撤离。

⊙ 干校学员在收获自己种的蔬菜 1973年吉林省左家

⊙ 干校学员在交流大蒜的栽培技术 1973年吉林省左家

一步磨炼了郎琦的意志，也使他得以深入拍摄“五七干校”，为这一特殊的历史事件增添了珍贵的影像资料。

在吉林左家干校的生产生活虽然艰苦，但郎琦在这里结交了很多朋友，有的甚至成为他一生的挚交。当时一个班二十几名学员，同住一间大宿舍，大家在艰苦的环境中共同学习，共同劳动，彼此建立了深厚的感情。最让郎琦记忆深刻的，是每当轮到他值日，在拂晓时刚要起床挑水，就一定会有人按住他，悄声说一句“我来”。知道郎琦肩膀有伤不能吃力，学员们都十分照顾他。

就是这样，“文革”期间郎琦既感伤于战天斗地的时代之痛，也感动于尘霾之中人性的光亮；而正是后者，使得郎琦每每身处凛冬，都未曾怀疑春天终会到来。

1976年，持续了十年的动乱终于落下了帷幕。也是在这一年，五十岁的郎琦加入了中国共产党。对生于苦难的郎琦来

⊙ 干校学员在田间读报学习 1973年 吉林省左家

⊙ 干校学员劳动归来 1973年吉林省左家

说，历史的浪涛教会了他两件事：一件是除了通过黑夜的道路，无以到达光明；一件是在任何时候，人都不应放弃对自身价值的探索和追求。在那晦暗的十年里，郎琦对摄影的执着始终如一，对“歌颂我们的先进，暴露敌人的罪恶”也逐渐有了更深层次的理解：先进与罪恶本不分敌我，它们有时可能共生，有时可能互相转化，作为一名摄影工作者唯有保持足够的清醒，才无愧于按下快门的那一个个瞬间。

当历史的尘埃落定，尽管再多的文字与影像也无法完整地还原那个时代的模样，但这些星星点点的历史记忆，无论是动人的还是苦涩的，都不应被遗忘，哪怕如郎琦回首往事时的一声叹息：“希望人们能够通过这些老照片，看到过去的模样，能够忆苦思甜，珍惜现在的生活。”

4．春风：百废待兴

中华民族的1978年，正如《人民日报》于这年元旦刊发的社论所写的那样，“坚冰已经打破，航路已经开通”，光明的中国正在一片混沌中复苏。

在改革开放的春风中，百废待兴，中国文化艺术事业的发展也迎来了破冰期，并将一个郎琦想都不敢想的消息，送到了他的耳边——《吉林画报》就在要次年1月复刊了。

此时，距离停刊已经过去了十八年。

画报复刊后，郎琦被任命为副社长。虽然在漫长跌宕的等待中，郎琦已步入半百，然而当崭新的历史帷幕拉开，如同久旱逢甘霖，郎琦仿佛又回到了画报创刊时满腔热血、激情似火的年岁。在日新月异的新格局下，郎琦每天到岗的第一件事，就是大量浏览新闻报道，深入学习方针政策，无论是工业、农业，还是财贸、文化，都要求自己做到心中有数，与时俱进。若论学历，郎琦不过只念过小学，可正是因为这份缺憾，让他更懂得知识的重要性。无论是战争年代还是和平年代，他都不会放过任何充实自己的机会，哪怕读书看报时遇到了什么良言美词，也会细心地摘抄下来。所以别看郎琦只上过六年小学，可在自修这所“高等学府”里，他是名副其实的优等生。

作为社内主抓业务的领导之一，郎琦不仅引导年轻人要多学多看，解放每个人的思想和创造力也是他关注的重点。为了调动群众智慧，复刊后的画报社增设了选题策划会，让编辑和记者都参与进来，共同碰撞灵感；此外还建立了公开的评稿制度，将每期组好的稿件都摆到台面上，好与不好，用与不用，由大家自由点评，鼓励每个人勤于思考，善于总结，敢于说话并且说真话，这样才能卸下包袱，专注业务。

严谨，严格，甚至有些严厉，曾与郎琦共事过的人，几乎都会用这样的词形容他。就拿评稿会来说，有一次，轮到大家讨论一组采访延边纺织厂的稿件。不得不说，无论选题立意还是画面本身，这组稿件都可圈可点，加之出自一位老同志之手，会上一片溢美之词。热火朝天的讨论中，唯有郎琦眉头紧锁。待大家发言完毕，郎琦一针见血地说道：

“这组照片拍得确实不错，展现出了劳动妇女的美。可中央正在抓安全生产，这几名女职工在工作时穿着裙子还没戴帽子，是安全意识薄弱的高危行为，不应当提倡和宣扬。这属于导向上的错误，需要重拍。”

简短的几句话直击要害，虽然毫不留情，却让人心服口服。

还有一次，一位摄影记者申请去云南采访。

“有工作需要的话可以去。你打算去采访什么？”郎琦询问道。

“我想去采访和龙县文工团。”

“可这是在吉林地区的典型，和云南有什么关系呢？——你是不是想去云南走一走？”

郎琦的开门见山，将那位摄影记者问得一时语塞，哑口无言。

“想去可以直接说，借着采访的名义是不可以的。”郎琦继续说道。

事后，这名摄影记者本以为申请会被驳回，可没过几天，郎琦还是安排他去了云南。临行前，郎琦拍了拍他的肩膀说：“多拍点儿好片子回来。”

读万卷书，行万里路。其实郎琦十分鼓励年轻人多学，多走，多看；尤其是搞艺术创作，更需要打开视野，丰富阅历，他也非常愿意为年轻人创造这样的机会。只是他容不得弄虚作假，和他打交道，话要说在明处，事要做得敞亮。

用现在的眼光来看，人和人沟通一般都讲究点儿“艺术”，提出请求要有技巧，拒绝他人要委婉。相比之下，郎琦的处世之道就多少显得有些不够圆滑，他内心的柔软，总是要剥开那副钢筋铁骨才能体会。所以懂他的人理解他、敬重他，不懂的人诽议他，甚至记恨他。他边缘化的性格，注定了他不讨一些人的喜欢。可用郎琦自己的话说，他从小受部队培养，说不了假话，“我得坚持我的原则”。

郎琦的原则，大到大是大非，小到一条胶卷。那个时候因耗材有限，每个外出采访的记者都需要填写采访资料，办理相关手续后才能凭借回执单领取定量的胶卷。如果没有充分的理由，无论是谁，都别想在郎琦这里超额领取，包括他自己。在他眼里，这不仅仅是出于管理需要，也是提升业务水平的方式方法，从艰苦的岁月中一路走来，郎琦十分清楚，唯有对快门保持敬畏，才会精于思考。

正人先正己，正己先正心。郎琦之所以能在任何时候、任何人面前都不逢迎、不偏私，这份底气正是缘于内心的坦荡，军人骨子里的自律是掺不了假的。先挑近的说，与画报社只有一条马路之隔的商业厅招待所，本是郎琦常吃午饭的地方。起初画报社没有食堂，大家只能拿饭盒自己带饭，到了中午烧点开水烫一烫。有时郎琦早上走得急没带饭，中午就会去对面的商业厅招待所吃一口。招待所的所长每次看到郎琦排队打饭，都会热情地把他拉到身边一起吃。谁知到了月末结算的时候，任郎琦说破了嘴皮，那位所长都坚决不肯收他的钱。自那以后，郎琦再也没去招待所吃过饭。再往远了说，有一次郎琦远去海南岛采访，因为当时沿海地区走私贩私严重，电子表、录音机等走私品精致又便宜，外地人买上几件当作纪念品带回家几乎是见怪不怪的事情；但即便是在天高皇帝远的“天涯海角”，郎琦也丝毫不为所动。

郎琦对原则的这种恪守，就算是在几十年后，笔者也是领教过的。每次我去拜访他，都会带上一些水果以表心意，可即便是这样不起眼的小礼物——几颗苹果，几枚桃子，他也说什么都不会收。到了我走时，总会硬塞回到我手中，嘴里说着：“你们年轻人没有钱，拿回去自己吃。”到后来，每次打电话约他采访，他总要嘱咐再嘱咐：“你随时来都可以，但是不要买东西啊！不然就不让你来了。”

反过来，他却会时常送我些礼物：2019年年底时，他送我一本台历，祝我在新年里一切顺利；他送过我精美的笔记本，他说“我老了，写字不好看了，这本子给你用”；他送过我明信片，送过我很多书，最让我感动的是，他还为我买过一双拖鞋。第一次去他家采访的时候，因为他家的拖鞋很大，我穿着很不合脚，待我第二次去的时候，就发现门口摆放着一双粉红色的新拖鞋，他对我说："家里都是男士拖鞋，太大了，也不好看。给你买个粉色的穿。"所以，千万不要被郎琦那看似不近人情的铁面骗了，比起索取，他只是更喜欢给予罢了。

郎琦的这种性格，跟他的努力一样，都是出了名的。正因如此，画报社刚复刊时，社内虽然拥有不少干将，但也有一些情况比较复杂的成员被调到了这里，而官方给出的理由之一是："郎琦在那儿，谁都翻不了天。"

⊙ 金色运输线 1980年
吉林省延吉火车站

⊙ 欢度“六一”儿童节 1981年 吉林龙井

⊙ 牧牛观棋 1980年 吉林集安

一众精英的同心并力，加之郎琦这个“镇社之宝”，复刊后的《吉林画报》很快就焕发了第二春，郎琦也厚积薄发：自然风光、乡土人情、工农生产、人生百态……社会主义建设的方方面面都被他收入镜头。他不仅接连斩获大奖，还和李明可、刘恩泰一同将摄影展办进了北京，展览在北海公园足足展出了十四天。他的业务和人品，可谓有口皆碑，1979年10月，郎琦出席了中国文联第四次代表大会；在中国摄影家协会换届选举时，正在香港办展览的他甚至在本人不在场的情况下，被推选为新一届常务理事……

所以，当1984年画报社社长调走，出版局局长张雪峰面对谁来接任这个位置的问题时，几乎是不假思索地直接就找到了郎琦：

“老郎啊，画报社你当一把手吧。”

没想到的是，郎琦的拒绝也同样不假思索：“我不当，副社长挺好的。”

“为什么呢？”

“当一把手就没时间拍片子了，我只想搞业务。”

见郎琦不为所动，张雪峰打起了感情牌：“你怎么忘了在干校的时候我帮你挑水了呢？”

原来，他们当年是通化“五七干校”的同班学员。张雪峰的一句话，不禁使郎琦的思绪飘回了那段峥嵘岁月……

“老郎？” 张雪峰将郎琦拉回了现实，“老郎，现在缺

⊙ 移动式喷灌 1979年 吉林市育苗基地

人，你得帮我顶上啊。”

“不行。领导必须要懂业务，但搞业务不一定非得当领导。”郎琦继续坚持着自己的理论。

“这可怎么办呢。那你给我推荐几个人吧！”

就这样，二人各执己见僵持不下后，郎琦举荐了他心目中合适的人选。不久，画报社新社长走马上任，且尽心竭力，不负所望；而直到1991年郎琦离休，各种光环加身的他始终只是副职。

讲到这里，有人可能会好奇，摄影怎会有那么大的魔力，能让一个人这般寡欲清心。究竟是什么吸引着郎琦愈加沉迷、不能自拔？这恐怕还要从一座大山的召唤说起……

第五章　长白山的召唤

每个人的心中，都有一座用一生去攀登的大山。

1. 一眼万年

让我们把时间，回溯至1958年。这是《吉林画报》创刊的那一年。

年终岁尾，雪后的北国冰封万里，在茫茫的雪原之上，郎琦正带着他的相机逆风前行。这一次，他的目的地有些特别。

对于一入冬便被冰雪覆盖的我国东北地区来说，冰天雪地的自然环境自古便激发着人类无数的智慧想象，冰雪活动可谓由来已久。但其真正向群众性的体育运动发展，还要从1952年毛主席发出“发展体育运动，增强人民体质”的号召开始。随着群众活动和冰雪运动赛事的广泛开展，几年的工夫，滑冰戏雪就成了当时最受欢迎的户外运动，从工厂到公社，随处可见在雪中冰上驰骋嬉戏的人。

此次郎琦顶风冒雪前去采访的对象，正是吉林省即将在全国冬季运动会上出征的冰雪健儿。为了深入了解冰雪运动员的生活，郎琦就是在这个时候，第一次走进那座他在童年时便心驰神往的神秘大山——长白山。这颗镶嵌在祖国北疆大地上的璀璨明珠水质纯净，雪源丰富，冰雪运动员的重点集训地就位于山上海拔约一千七百米处的原始森林中。

而这，不仅是郎琦的第一次，也是长白山的第一次：新中国成立后，她还没迎接过这样特别的客人；上一次有人带着照相机这样充满善意地造访，怕是要追溯到清末——安图县第一任知事刘建封受命勘察长白山时，曾摄制了珍贵的《长白山灵迹全影》，首次为世人揭开了她神秘的面纱。

一晃，她已又沉睡了四十几年。郎琦到来的时候，这座人迹罕至的山上连条像样的路都没有：东坡属朝鲜境，西坡、南坡压根儿没有路，只有北坡有条砂石路，上山的人倚仗不了任何交通工具，只能靠步行。

东北的冬天，气温低至零下二三十度是常态，更别说在高山之上了；从北坡山门到运动员住处约十五公里的路，积雪最浅处也要半尺深。可这些对郎琦来说，远不能抵过这初见带给他的震撼。

“哥，你什么时候能带我去那里看看，咱们去那里挖野菜。”

“那可去不了，远着呢。”

“那是有多远？”

“很远很远，在天边……”

对于这座在童年承载着他和弟弟郎魁珊无限遐想的大山，郎琦曾想象过她千百般的模样，却没有任何一个模样是眼前这样：这座在历史上曾多次大规模喷发的休眠火山，呈现着典型的火山椎体地貌，山体陡峭，巨石错落，古树参天，这令人血脉偾张的原始野性美在白雪的包裹下，多了几分柔美的静谧；被冰封的流水似乎仍可见当初奔腾的姿态，如白练蜿蜒其中。世界仿佛被静音了，连影像也被简化成黑白灰，唯有不时从远处跑开的马鹿、积雪上或熊或虎的串串足迹、透过树的缝隙撒向白雪的道道跳跃的光影，在悄然解构着生命的密码。虽然这

运动员之家——杜鹃山庄 1960年

⊙ 冰雪运动员 1961年 长白山

一年郎琦只有三十二岁，但命运的颠沛早已在他的生命里刻入了太多苦难，眼前的这片圣洁之地，仿佛将他带回了最纯粹的本原，将生活所有的褶皱都抚平了……

一路走走停停，待郎琦到达运动员住处，太阳已经在不觉间落山了。

运动员的住所，在那时有个非常好听的名字，叫“杜鹃山庄”。杜鹃，是长白山上颇具代表性的植物之一。每年5月，野生杜鹃便会从山麓开始绽放，然后以每天十几米的速度向高海拔迅速蔓延，即便到了最高处气候恶劣、土质脊薄的高山苔原地带，它们依然能傲风斗雪，甚至可以绽放在寸草不生的碎岩石上。在那个中国的体育事业相对落后、正朝着国际水平奋起追赶的年代，这个山庄以虽然植株矮小、生命力却极其顽强的杜鹃花命名，正是寓意冰雪健儿顽强拼搏、永不言败的运动精神。

不过，彼时的杜鹃山庄，说是“山庄”，其实不过是两间加起来不过一百六七十平方米的木刻楞小屋，男女运动员各住一间。从外面看上去，两间宿舍与周围的一石一木并无太大的差别，几乎有一半的房体掩埋在冰雪之中；内部空间则更为狭促，光是男宿舍便上下铺地摆放了几十个床位，一个用废弃的汽油桶制成的简易火炉置于当间，火烧得很旺，但房间里仍透着些许寒凉。

郎琦的到来，瞬间点燃了这群年轻人的热情，他们不仅将最温暖的床位让给了郎琦，还为他打来了一盆热水——连郎琦自己都没注意到，他的袜子、鞋子、裤子，已经统统冻在一起了。

这天晚上，郎琦是在热火朝天的讨论中蒙眬睡去的；更确切地说，接下来的几天，他都是这样睡去的。无论是穿行于户外的冰天雪地，还是围坐在室内的火炉之前，这群年轻的运动员似乎总有着交流不完的经验，他们不仅积极地备战着即将到来的比赛，还热烈地探讨着将滑雪应用于国防建设和劳动生产中。那几年，在“智取威虎山”的故事中利用滑雪剿匪的解放军小分队可谓是许多滑雪爱好者心中的传奇，还有那些利用滑雪给伐木工人送粮的普通人，更是他们近在眼前的模范。在那个被“锻炼身体，保卫祖国”激励鼓舞的时代，保卫祖国、建设祖国、荣耀祖国，就是这群冰雪健儿，更是亿万中国人最朴素、也最真挚的信仰。

随着采访的深入，郎琦也跟随运动员走进了长白山更多的

⊙ 冰雪中的高热温泉 1961年

角落。原来这座大山给予他们的远不止雪的慷慨，其中最让郎琦惊异的，要数“冰火两重天”的室外高热温泉，这是运动员们在训练后涤尽一身疲惫的好去处。在银树琼花之间，只见温热的泉水从岩石的裂隙汩汩涌出，将周围的岩石染上厚厚的泉华，为茫茫的白雪增添了金黄、殷红、靛蓝、翠绿等艳丽的色彩，蒸腾的热气氤氲袅袅，更是添了几许朦胧，让人如临仙境。郎琦不禁回想起在抗美援朝时期随部队驻防在温井一带时，住处不远也有一处温泉，可在残酷得连活着都是奢侈的战争中，人间哪里还有风景？

一路登上山顶，郎琦也为童年的困惑找到了答案。原来长白山并不只是因为雪而“长白”，山顶除了皑皑的积雪，还有大量因火山喷发而留下的白色浮石，这就是为什么儿时和弟弟不管什么季节遥望这里，山顶总是一片洁白。

与长白山的第一次会面，因为有采访任务在身，胶卷有限的郎琦只能将满目的美景留在记忆里。但这份初见的遗憾也成了一份牵挂，时隔不久，郎琦便故地重游。那时《吉林画报》不只需要新闻报道，也需要一些风光照片，尤其是封底，广博多姿的长白山无疑是一个宝藏，让郎琦越接触越迷恋。此后，为了拍摄长白山，他每年都要去山上转上几次。雪季，郎琦就跟早已打成一片的冰雪运动员挤在杜鹃山庄；到了冰雪消融的季节，他就和一个班的森林警察同住茅草房，每次看到他的到来，刘班长都热情地招呼：“郎记者，您又来了！”

长白山虽然遍地风景，但在那个没有任何公路、栈道、饭店、宾馆的年代，想要拍出一张好照片并不是件容易的事，需要的不仅仅是专业技巧，还有过人的体力、毅力和魄力。挎着二三十斤重的背包和摄像器材，郎琦深一脚，浅一脚，常常一走就是一天，有时为了减少负重，甚至不带任何食物。为了选取一个好的拍摄角度，郎琦在零下三十多度的冬季，钻过一米多深、寒凉彻骨的积雪；在天气多变的雨季，踏过泥泞湿滑、险象环生的山巅。争妍的百花虽美不胜收，却是过敏性鼻炎的“天敌”，郎琦常常用毛巾围住口鼻，冲进花海就不肯出来；

⊙ 过敏性鼻炎是郎琦几十年久治不愈的顽疾 1986年 长白山

⊙ 在没有路的山上攀爬 1963年 长白山

银装素裹的雪景虽然圣洁，可手指长时间握在金属相机上冰如刀割，每次下山后一周都碰不得热水，沾上一点儿都会钻心地疼；而他捕捉到的那些奇光异彩，天知道在气候瞬息万变的长白山，背后是多少个小时的执着等待，和多少次的无功而返……曾与郎琦一同上山拍摄的李立，在日记中这样写道：“起大早，爬大山，黑灯瞎火走崖边，守护相机腿发软。好不

⊙ 席地而坐吃午餐 1961年 长白山

⊙ 在深雪中拍摄 1963年 长白山

容易到天边，遇到好景拍不够，一拍就是一整天。上山容易下山难，半夜才能吃早餐……”

就那样一年又一年，郎琦拍下了长白山残雪消融、草长莺飞的春天，瀑布飞悬、群芳斗艳的夏天，层林尽染、五彩斑斓的秋天，玉树琼枝、纯净圣洁的冬天……

长白山以其摄人心魂的独特之美，征服的艺术家不胜枚举。任谁在这里走上一遭，恐怕都会像郎琦这般不知归路。

1961年，著名画家傅抱石和关山月到东北地区进行为期百日的旅行写生。一路上，他们停留最久的地方便是长白山。说到这两位绘画大师，有些读者或许不甚了解，但你一定知道毛主席那句著名的“江山如此多娇，引无数英雄竞折腰”。1959年，献礼新中国成立十周年的人民大会堂建成后，正是傅抱石、关山月两位丹青妙手受命在大会堂迎宾厅合作绘制了巨幅山水画，毛主席看后赞不绝口，亲自挥毫落款，题句“江山如此多娇”。这幅现代美术史上的传世名作，至今仍是人民大会堂的镇堂之宝。

而1961年的那个夏天，傅抱石和关山月就是在郎琦等人的引路和陪同下，走进了长白山。对于这两位南方画家来说，这里雄浑壮阔、苍凉浩瀚的风景是别开生面的，傅抱石用“兹游奇绝冠平生”来形容内心的震撼，关山月一路登上山巅，不顾旅途劳顿就地挥笔作画，郎琦则“黄雀在后”，记录了关山月在长白山天池边神工意匠的瞬间。后来傅抱石、关山月二人均

⊙ 绘画大师关山月现场作画 1961年6月 长白山天池

以长白山为对象创作了诸多作品，还留下了一段隔空合作《长白飞瀑》的佳话。

中国人对山水的情结，似乎是融在骨子里的。自古以来，从文人墨客对山水的不倦吟咏，到画师泼墨在尺幅间大做文章，到古曲音律中很多千回百折的高山流水，山水一直在中国人的情思中占有举足轻重的地位。对于郎琦来说，随着这种在血脉里流淌的、带有东方韵味的审美文化在与长白山的接触中苏醒，长白山的一草一木、一石一水，不仅成为他在摄影事业上取之不尽的源泉，更如挚友，于无声间浸润着他的品格。《飞舟破浪山水间》《并驾齐驱不畏寒》《铮铮铁骨傲霜雪》……从郎琦作品中那些拟人化的命名不难看出，在与长白山长期的接触与对话中，他的精神世界已经与山中万物融为一体。谁又能说得清楚，这飞舟破浪、不畏严寒、傲霜斗雪的铮铮铁骨，究竟是大自然的壮举，还是摄影家的坚守呢？

⊙ U形谷原始景观 1961年 长白山

⊙ 秋染长白 1978年

⊙ 流水欢歌唱金秋 1979年

⊙ 残雪春花染长白 1984年

⊙ 秋谷涛声

1986年

⊙ 长白山瀑布 1978年

⊙ 玉树寒流北国情 1980年

2. 秋日的里程碑

念念不忘，必有回响。

1981年，中国摄影界发生了一件大事。

在新加坡第三十二届国际摄影沙龙上，首次参展的中国人凭借一幅名为《秋》的作品，一举夺得美国摄影协会为该沙龙特别设立的“最佳彩色片”金奖。要知道，这可是国际上颇具分量的影展，每年吸引着来自全世界五十多个国家的一千多位著名摄影家。而对于中国来说，摄影在艺术领域是个年轻的门类，刚刚起步的摄影艺术能取得这样喜人的成绩，意味着从此打开了与世界交往的大门，对中国摄影家是莫大的鞭策和鼓舞。

这一里程碑式的突破，一时成为众多媒体关注的焦点，而这个首次在国际摄影大赛上获得金奖、被《人民日报》赞誉为“勇攀世界摄影高峰”的中国人，正是郎琦，作品的取景地，正是他魂牵梦萦的长白山。

郎琦的这张获奖作品，摄于1979年9月。当时，长白山下的安图县二道白河水文站刚刚被国家水利部评为“艰苦奋斗、勇闯新路”的标兵站，被称作是水文战线上的一面红旗。出于记者的职业敏感，郎琦第一时间从长春赶赴长白山，走进了这家水文站。在连续数天的跟进采访中，郎琦发现这个水文站打破了在固定地点测水文的常规，为更全面地了解当地的水文情

⊙ 巡测中的水文工作者 1979年

况，这里的同志不辞辛苦，采用的是巡回测量的方法，这个只有五人的小小水文站，工作量竟相当于七个水文站。

这日，郎琦如往常一样跟着两名水文站的同志登山巡测，只是这一天，天清气朗，云淡风轻，天气格外好。当郎琦爬至海拔约两千米处的时候，一幅绝美的画卷在他面前展开了。

我们在前文曾说到，长白山是座休眠火山，它的山体呈陡峭的锥形，从山麓到山顶，高差虽然相差两千多米，但水平距离仅在五十千米左右。这样的自然条件，使得长白山呈现出典型的山地垂直景观特征，气候、土壤、生物景观都随着海拔高度的不同有着层次分明的变化，自下而上，依次为针阔混交林带、针叶林带、岳桦林带和高山苔原带。这就是为什么有人形容长白山“一山有四季，十里不同天”，人们从下攀援而上，可领略到从温带到极地的自然景观，如同经历了春夏秋冬。

而彼时郎琦所在的位置——海拔约两千米处——正是长白山岳桦林带和高山苔原带相接的地方，在由墨绿的杜鹃、红色的越橘等高山植物织就的五彩斑斓的花毯上，几棵金色的岳桦树傲立其中——在长白山这一海拔高度，岳桦是唯一能生存下来的树种，即便是素有傲风斗雪之称的青松，也难以适应这里恶劣的自然条件。郎琦当时就站在这片绝美的交错带上，当他回身向山下眺望，瞬间被斑斓的色彩中那两名背着行囊、健步攀登的水文工作者打动了。

郎琦迅速寻找位置，找准角度，以墨绿的杜鹃和三棵岳桦树作为前景，用远处通红的苔原带放大景深，将昂首向上的人物作为点睛之笔，最终利用侧逆光将景美人更勤的主题思想呈现了出来。

其实，像《秋》这样将人物融于景物，是郎琦常用的表现手法之一。正如他始终坚持要随采访对象深入生活一样，在他看来，好作品不只需要专业的摄影技巧，更需要丰富的精神世界，情景交融往往是表达情感、物化情怀的关键。

下面两幅作品，它们背后的小故事恐怕最能反映郎琦对“情”的执着，用郎琦自嘲的话说，为了拍出好照片，他有时候甚至有点“不择手段”。

秋 1979年

那是1978年的夏天，郎琦正在广东肇庆采风。在一条乡间小路上，凤凰树开着火红的花朵，在蓝天白云的映衬下格外绚丽。可光有景没有人，郎琦总觉得少了点儿什么，就想花钱请个“模特”，谁知接连找了两三个人都被拒绝了，当地人说，再穷不卖相。郎琦不甘心错过这样的美景，就背对着小路撑起了一把伞，表面是在伞下欣赏风光，实际是为了遮掩相机，守株待兔。炎炎烈日下，郎琦就这么在路边耐心地守着，等着，最后终于从远处走来了一位挑夫。待他离得近了，郎琦转身就是一个抓拍。挑夫发现后，用一口地方话叽里呱啦地骂着，郎琦的同事说：“老郎，人家骂你呢！”郎琦却嘿嘿一笑：“骂呗，反正我也听不懂。”

还有一次是在四川九寨沟。郎琦乘车在蜿蜒的山路中穿行时，偶然发现在一片茂密的树林前搭着一只白色帐篷，郎琦立即招呼停车。下车走近瞧看，只见绿树红花间，帐篷外晾晒的衣物正随微风轻轻摇动着，生活气息是那么浓郁，可惜唯独少了主人。郎琦灵机一动，冲着帐篷大声喊道：“老乡！老乡！”转眼间，便从帐篷中走出老老少少几个人，还冲出了一条黑黄相间的小狗，朝着郎琦不停地摇动尾巴。郎琦这才满意地端起相机，一张原本普普通通的风光照立刻变得妙趣横生。

所以，《秋》的成功，虽是郎琦在工作中的一次偶得，但更是一种对长白山、对摄影艺术不断探索后的必然。

随着《秋》的持续曝光，继解放战争时期拍下珍贵的北平

乡间路上 1978年 广东肇庆

藏族牧包 1985年 四川九寨沟

入城式，郎琦的名字又一次震动了中国摄影界，长白山也引得越来越多人的关注。许多来自国外的画家、摄影家等专程前来采风，只为一睹真容。一些电视台还聘请郎琦作为艺术顾问，筹拍《松花湖金秋》《冰雪的故乡》等以长白山为主题的电视片。

如果说拍摄长白山的前二十年，这里对郎琦来说更像是一片属于他“小我”的心灵栖息地，那么从《秋》为中国人拿下第一个国际大奖开始，郎琦对长白山，对家乡，对祖国，突然激生了一种更复杂的情感，叫作“责任”。郎琦突然意识到，尽管长白山早在1960年4月就已建立了自然保护区，1980年还被联合国教科文组织（UNESCO）正式批准加入国际生物圈保护区网，列为世界自然保留地之一，可这座有着深厚历史积淀、丰厚自然资源的宝库，被世人了解得还是太少了。提到中

⊙ 五彩斑斓的长白山高山苔原带

国的名山，人们第一时间想到的大多是“一览众山小”的泰山、“峥嵘何壮哉”的华山，或是“归来不看岳”的黄山、“奇秀甲天下”的庐山，可哪怕是鼎鼎大名的五岳三山，与长白山相比也不过是各生奇丽，不可同日而语，何故长白山总是屈居其后？

“这是我的失职。在过去的二十多年里，我为长白山做的还远远不够。”郎琦这样想着。

此后，大半辈子都执着于新闻摄影的郎琦，开始逐渐向风光摄影转变，将越来越多的时间和精力投入到对长白山的拍摄和宣传中去。这样的转变一度引来许多同行的不解，因为风光摄影在有着精英主义取向的摄影评论圈里地位并不风光，纪实摄影家才被看作是能够创造丰厚社会价值的思想者，甚至时至今日，仍有人认为郎琦如果坚持原来的拍摄路线，会走上更高的位置，取得更高的成就。可他本人并不这样想：

“风光摄影并不是单纯追求视觉上的享受。我们常说要热爱祖国，可祖国的概念是抽象的，我们究竟爱的是什么？是我们脚下的土地，这山山水水孕育了几千年的中华文明，它们是一个民族的载体。所以我认为风光摄影可以提升人们的爱国主义热情，是很好的爱国主义教材。”

正是因着这样的选择，郎琦不仅走遍了吉林的每一寸土地，也流连于全国各地的名山大川，并将游历创作的成果制成精美的挂历，宣传祖国的大好河山和风土人情。

现在，我们或许可以理解，为什么1984年郎琦执意不肯接任《吉林画报》的社长之位了。那时的他，就像十九岁时毅然决然地参加革命一样，早已决意将自己的后半生也献给脚下的土地。

3. 航拍奇遇

机会总是留给有准备的人。

1985年，为了反映我国少数民族地区的独特风貌，中央民委计划出版“中国少数民族地区画集丛刊”。丛书共十五卷，除了西藏、云南、广西、贵州等外，作为满族、朝鲜族等少数民族的重要聚居地，吉林省也在其列。当时，各卷的编审工作都由地方颇具分量的摄影人担纲，吉林卷指定的主编，便是郎琦。

郎琦确实是再合适不过的人选。这么说，不只是因为他在摄影上有着丰富的经验和成就，更因为在情感上，他最能与这片土地，与这两个占比最大的少数民族共情。郎琦本身就是满族，与满族血脉的相通自不必多说；而他的家乡安图，正位于延边朝鲜族自治州的西南部，是自治州的下辖县，有一半以上都是朝鲜族。这个能歌善舞、勤劳勇敢的民族，不仅在战争年代为祖国流血牺牲，在和平年代对国家也有着很大的贡献，最

欢庆延边朝鲜族自治州成立三十周年 1982年 延吉

欢声笑语洗军装 1960年 延边地区

让郎琦感动的，是朝鲜族人民念念不忘为眼下幸福生活献出生命的先烈，许多村庄都立有烈士纪念碑。所以我们能看到，郎琦在延边地区拍摄过大量作品，这正是源于他对家乡的思念和热爱，源自他对朝鲜族人民的亲近和尊敬。

正是因为这种种复杂的情感，郎琦在主编吉林卷时，最先想到的就是满族发源地，就是依偎着家乡延边的那座大山——长白山。而长白山的王牌，除了前文提到过的“一山有四季，十里不同天”的垂直景观带等，更少不了山顶的那道奇观。

在过去以“亿年”而计的茫茫岁月里，长白山地区在经过无数次的地壳变迁和数次岩浆喷发后，从一片汪洋大海化成陆地，并在岩浆喷口附近，逐渐形成了由熔岩等堆积而成的锥形山体。后来随着火山长时间的休眠，火山口积水成湖，加之上一次喷发时，喷溢而出的熔岩在火山口附近形成了大量峰体，于是在山顶便形成了波光岚影、群峰环绕的奇观。

人们习惯将高山湖泊称作“天池”，新疆有天山天池，内蒙古有阿尔山天池，云南有碧沽天池……据不完全统计，仅在我国就有至少二十个叫“天池”的湖泊。但这里被叫作“天池”，不只是因为它海拔高，还因为这里夏融池水湛蓝，冬凝冰面皓白，如梦似幻，有如天宫仙境。关于它的神话传说，多到数也数不清。有的说，长白山天池是一条被斩杀的黑龙幻化而成的；有的说，它是天上的瑶池落入了人间；流传最广的一种，则说它是天上的玉镜变成的——相传王母娘娘有两个非常漂亮的女儿，姐妹俩长得几乎一模一样，因而没有人能够判别她们两个究竟谁更美一些。在一次蟠桃盛会上，太白金星送给王母娘娘一面神奇的玉镜，并说这面镜子可以判别出姐妹俩哪一个更美丽，结果玉镜说妹妹比姐姐更美。姐姐一气之下，将玉镜扔下了瑶池，玉镜落到长白山上，就变成如镜的天池了……

除了这些神话传说，天池的水怪传闻也为其增添了浓厚的神秘色彩。早在清光绪年间，一些地方志上就有了对天池怪兽的记载，至20世纪60年代到80年代，相关的记载越来越多，许多游访者都自称亲眼看到过外形奇特的生物在天池中漂游，著名作家雷加也是其中的一员。1980年10月9日的《光明日报》，还刊登了一篇题为“天池怪兽目击记”的文章，其中对“怪兽”的描述是“体大如牛，头大如盆，并且游动极快，身后还拖着一条长长的喇叭形划水线”。天池出现怪兽一事一度成为国内的热门话题，甚至引起了国际上的广泛关注，英国路透社还为此做了特别报道，并绘制了天池怪兽构想图。这水中之物究竟是什么，至今仍是众说纷纭的未解之谜。即便是央视的《走近科学》栏目组专门制作的《天池怪兽》的探秘专题，也不过是对其可能性加以种种推测。扑朔迷离的“长白山天池水怪”，与著名的有着上千年传说的“尼斯湖水怪”等，被称为全球最神秘的十大水怪。

环绕在池水周围的奇峰就更有意思了。经过漫长岁月的雕

⊙ 满园枯木育菌芽 1980年 延边地区

⊙ 欢乐的节日 1985年 延边地区

蚀，这些山峰嶙峋峭奇，姿态各异，有的如宝剑刺天，有的似少女梳妆，有的如雄鹰衔物……清末刘建封勘察长白山时，曾两次下临天池，见水天一色，环池又多奇峰，大者有六，小者有十，姿态各异，便根据各自的特点为十六座山峰一一命名，状如门形的叫作“龙门峰”，宛若屏风的叫作“锦屏峰”，山石赤黑状若铁壁的叫作“铁壁峰”……而在天豁峰和龙门峰之间，恰有一狭道，天池之水从此飞泻而出，形成了世界上落差最大的火山湖瀑布，轰鸣如雷，蔚为壮观。

所以，可以这样说，没到过长白山天池，就不算到过长白山。

可拍了二十几年长白山的郎琦，对吉林卷的编选工作还是犯了难：尽管拍摄天池的作品并不鲜见，可一一筛选过去，现有的照片拍摄视角都很低，包括他自己拍的，没有一张能展现出高山湖泊的雄伟壮阔。要想有所突破，他必须另辟蹊径。

同其他文学艺术一样，摄影也贵在创新，可想要找到一个独特的视角，哪有那么容易。就拿郎琦那幅著名的《林海银鹰》来说吧。1979年，郎琦到长白山老爷岭拍摄森林防护，飞机在高空大面积喷洒农药的场面虽然十分壮观，但这在当时已不是什么新鲜的题材。怎样才能给画面增添几分新意和美感呢？郎琦耐心观察飞行路线，细心摸索规律，最终发现，飞机直线飞行时平平无奇，并非拍摄的最佳时机，而每当飞机从两座小山中间飞过，都会有一个俯冲转弯的动作，此时飘散的农药在青翠的山林间形成一条盈盈飘动的弧状丝带，最是灵动好看。为了寻找一个角度合适且高于飞行高度的拍摄地点，郎琦又花了两天时间翻山越岭，最后在一座他精心挑选的山头上按动了快门，拍下了这张飞机灭虫的经典影像，巧妙地反映了我国改革开放初期欣欣向荣的新面貌。这幅作品于次年参加了盛大的“绿色宝库”摄影艺术展，在七千余幅作品中脱颖而出，斩获了一等奖。

由此可见，一幅看似简单的摄影作品，背后的创作过程往往并不简单；想要把长白山之眼——天池拍得与众不同，更是难上加难。面对这个难题，郎琦做的第一件事，就是如往常一

⊙ 林海银鹰 1979年 长白山老爷岭

样到天池深入考察，不断寻找最佳机位。可这一回，接连几次的实地考察，都没能让他拍出满意的作品。怎么办？追求完美的他最终做了个绝大多数人想都不敢想的决定：航拍！

现在我们说到航拍，不过是一架无人机就能搞定的事，但那可是在20世纪的80年代，别说无人机了，连手机都没普及呢，许多人为了打上一通电话，得去公共电话亭排队。想要航拍天池，你只能坐飞机亲自飞到天上。更大的难题是，当时国境线十公里之内是不允许飞机飞行的，长白山恰是中朝的界山，有大量界碑正矗立在天池附近。

为了实现这一“狂想”，在那段时间里，郎琦可是大费了一番周折。他不断地向有关部门提出申请，希望能得到拍摄上的帮助。可毕竟内行看门道，外行看热闹，大多数人并不能理解现有的天池照片究竟不好在哪里，以至于非要飞到国境线上去拍。为此，郎琦不厌其烦地一遍遍向人解释着摄影方面的专业问题，以及拍摄和宣传长白山的重要意义。最终，在无数次碰壁后，郎琦用他的执着换来了宝贵的拍摄机会：在向总参和外交部打了报告后，他被批准有一个月的时间可以航拍天池。

大概没有人比这个已经拍了二十多年长白山的人，更懂长白山的美了，郎琦毫不犹豫地将拍摄时间定在了10月。他知道，冬天的天池会被冰雪封冻，虽然一片皓洁，但无法展现波光岚影的灵动；春天的天池，虽然冰雪消融，但周边的植物尚未完全苏醒，少了几分生机；夏天的天池，虽然多彩而迷人，但似乎与其他地方的“天池”没有太大的区别；唯有深秋的天池，十六峰早早地披上初雪，池中水却尚未结冰，将冷峻与柔美绝妙地融为一体。

郎琦要航拍天池的事很快便传开了，一些同行为此打来了电话，希望能和郎琦一同前往。这世间的珍贵往往来自独一无二，就航拍天池来说，毫无疑问，无论从新闻还是从摄影的角度，怎么看都是一件珍贵到破了天荒的事。其实郎琦完全可以独享这一份能让他名利双收的荣耀，然而1985年10月16日上午，当一架小型直升机从延边的敦化机场起飞，小小的机舱里除了郎琦，还坐着另外两名来自其他报社的摄影记者。

“长白山不是我自己的。大家一起来拍，才能发掘更多的美。”郎琦如是说。

时至今日，郎琦仍忘不了那天在飞行途中的激动。在高空视角中，长白山变得既熟悉又陌生，显出了他从未见过的深邃和壮美。愈接近山巅，内心的激荡就愈强烈。尤其当湛蓝的天池在雪峰间探出一隅的瞬间，机上的每一个人都情不自禁地伸长了脖子，仿佛这样就能越过山峦的阻隔，即刻、立刻、马上就抵达那片秘境。

随着直升机一点点逼近天池，咔嚓咔嚓的快门声，和着此起彼伏的惊叹声，充盈在了小小的机舱里。可是当他们终于悬停于山巅之上，郎琦却皱起了眉头：“不行啊，从窗户拍效果太差了。”

⊙ 天池春色 1996年

“咱们把舱门打开拍。”说着，坐在舱门口的郎琦将一条绳子紧紧地系在自己的腰间，然后拉开了舱门。10月的天池，气温已逼近零度，寒风猛烈地灌入机舱，愈显凛冽张狂。“我先试试。你们在后面帮我拉紧了啊，我可不想当空中飞人。”见大家神色有些紧张，郎琦开了句玩笑，然后抓紧相机，将半个身子探了出去。

“飞近点儿！”郎琦紧盯着取景器，大声喊道。

“请再飞近点儿！”郎琦几乎将整个身子探出了机舱。冷风呼啸，握着相机的手很快就冻得不听使唤了。

“老郎，你不要命了！”大家在身后紧紧地拉住绳子，心都提到了嗓子眼儿。

“没事，近点儿！……再近点儿！”

…………

年近六旬的郎琦，就是这样在一架没有安全带的直升机上，为已经有着几千年人文历史的长白山，定格了史上第一张航拍：那定是一片你从未见过的蓝天，蓝得似乎将眼前的一切都净化了，不光如镜的池水与天一色，连白雪也泛起了蓝色的光泽。连绵的雪峰将至善至柔的天池水紧紧环绕，粗犷的纹理写满了强劲的力量，在静默中捍卫着这里不可侵犯的庄严。

这张被命名为《巍峨的长白山》的航拍作品，一经曝光便引起了轰动。郎琦自己却似乎并不满意。他无暇顾及纷至沓来的赞誉，总结经验，计算日子，开始筹划第二次航拍。

“郎琦老师，我没坐过飞机，下次您带上我吧！”消息再次不胫而走，又一名年轻的摄影记者找到郎琦，这样恳求道。

尽管上一次航拍归来后，同行的摄影记者凭借报纸出版周期短的优势，抢先刊发了航拍长白山的作品，但郎琦面对这个质朴的年轻人，还是满口答应了。

10月30日，当航拍许可只剩下最后两天，郎琦再次启程了。

在所有的视觉艺术当中，比起绘画、雕塑，摄影的独特性在于，并非所有成就它的因素都依赖于人为的控制；它除了需要摄影师的经验、耐心和勇气，最不可控的变数，恐怕就是人们常说的“运气”。在按动快门的那几分之一秒的时间里，一名摄影师所巧遇的画面，在他原本计划好的画面中，占据着怎样的比重，任谁也说不清。众多世界著名的摄影大师，都不讳言运气对创作的重要性。美国著名摄影史学家约翰·萨考夫斯基曾说："运气是用心摄影师之最好的老师。"曾经为世界上最伟大的拳击手穆罕穆德·阿里塑造过无数经典形象的尼尔·雷佛，也这样说道："你必须对运气做好准备。有时最简单的照片是最难拍的。" 美国国家地理的金牌摄影师麦克·山下甚至直接谦称，是运气使他拥有了热衷的事业，运气在他整个摄影生涯当中所取得的成功都占据着很重要的角色。

运气的存在，或许正是摄影的魅力之一，这一变量常会不尽人意地给摄影师们制造遗憾，引得他们穷尽思索和尝试，但也会出其不意地制造惊喜：这就是为什么大师们面对运气的可遇不可求，又往往一致强调，并不是拥有运气就一定能拥有所谓的成功，唯有那些做好了准备的人，才有机会抓住运气。

10月30日这天，郎琦就恰好是那个做好了准备，被幸运之神眷顾的人。

这天早上，郎琦一行原本计划8点多从敦化机场起飞，可沈阳军区却因故迟迟不予放行，无论郎琦怎样沟通协调，回复他的都是请耐心等待。半个小时过去了，一个小时过去了，又一个小时过去了，等他们出发的时候，已经快中午11点了。但恰恰因为这场意外，当直升机到达山巅的时候，天气不早不晚，突然开始了剧烈的变化，无数雪白的云团正在聚集，它们

⊙ 巍峨的长白山——史上第一张长白山的航拍 1985年10月16日

⊙ 云涌天池 1985年10月30日

碰撞着，交缠着，翻腾着，起伏着，如烟如霭，无声无息，却又气势磅礴，排山倒海，很快便将天池和群峰全都吞没了……

郎琦就是在这场奇遇中，拍下了著名的《云涌天池》，将长白山之美推向极致。这幅努力和运气缺一不可的作品，后来成了一张耀眼的吉林名片，成为许多美术家创作的模本，至今仍堪称长白山摄影的美学高峰。

1986年8月，吉林省成立了旅游学会。身为学会的一员，郎琦大力主张拍好长白山。他十分确定，对于发展相对滞后、旅游资源相对匮乏的吉林地区来说，长白山就是一颗沉睡中的遗珠，对它的唤醒不仅关乎国计，更关乎民生。如果能将长白山成功推出去，必将改善一方百姓的生活。

4．桃李天下

“郎琦老师，是我呀！上次您带我去航拍，我的作品获奖啦！”

郎琦接到这通电话的时候，已是转过年的1986年。那个当时与他一同登机的年轻人，凭借自己的航拍作品，在一场摄影比赛中获了大奖。吃水不忘挖井人，这样的好消息，当然要第一时间与郎琦分享。

其实在吉林省摄影界，像他这样得到过郎琦帮助和启发的人不胜枚举，无论官居要职，还是平民百姓，无论是专业的，还是业余的，只要是真心热衷摄影，郎琦都愿意倾囊相授。

有一年冬天，几个摄影爱好者随郎琦到吉林市参加采风活动。在松花江边一处知名的摄影景点，大家都纷纷掏出了相机。说这个地方知名，是因为郎琦在这儿拍下的《寒鸦数点流

⊙ 郎琦与学生南龙海 1963年 长白山

水绕山村》，曾斩获了首届中国风光摄影展“蓝天杯奖”，所以这里就成了影友公认的创作胜地。亲临此处，大家的创作热情自然就高涨了起来。

可在热火朝天的拍摄现场，唯有一个叫赵春江的年轻人没有掏出相机，只是默默地站在一边观摩。郎琦便关切地上前询问。原来，赵春江认为这个地方已经被郎琦拍“绝”了，他一个连摄影发烧友都算不上的新手，不想在关公面前耍大刀。

听完这个解释，郎琦笑了，这样鼓励道：“小赵啊，千万别以为别人拍过的地方你就拍不到什么好东西了。就算是同一个地方，一年有四季，四季有不同，时时不一样，不管谁来过这里，拍过这里，你按下快门的那一瞬间都是独一无二的。”

时隔三十几年，郎琦早已不记得这件小事，但后来成了吉林省摄影家协会主席的赵春江，却总是念念不忘这番语重心长，且让他受益无穷的话。提到郎琦，他总要谦逊地说上一句："那是一座无法跨越的大山，我是他永远的学生。"

郎琦的学生很多。不得不承认，在挖掘和培养摄影人才这件事上，郎琦不遗余力，并有着一双慧眼。许多千里马，都是因为郎琦这位伯乐改写了命运。

在上面这幅摄于1963年2月、记录了郎琦早期拍摄长白山的经典画面中，于雪地中与郎琦互相搀扶的，就是他的一名朝鲜族学生——南龙海。那一年，郎琦才三十六岁，但已经有很多人慕名向他求学，南海龙就是其中之一。为了帮南龙海快速提升技艺，郎琦每次出去拍照都会将他带在身边。要说关于摄影的理论知识，郎琦也能讲上三天三夜，可是在郎琦看来，理论知识固然重要，但更重要的还是实践，想要有所成就，必须深入到艰苦的环境中锻炼。在郎琦的言传身教下，后来南龙海成为延边朝鲜族自治州的摄影家协会主席。

1968年，那是"文革"开始后的第二年，郎琦在一次对长春摄影制片厂的采访中，意外发现了一位二十多岁的年轻人。他本是吉林省戏曲学校舞台摄影专业的一名学生，但因为学校已没有老师上课，他只能在这里继续修习。郎琦被年轻人身上不俗的艺术气质吸引了，也为他不能在学校继续读书而深感惋惜，于是，郎琦将他调到身边，将他引入专业摄影记者的行列。

金鳞岂是池中物，一遇风云便化龙。郎琦没有看错人，这名年轻人刚走上工作岗位，便显露出过人的视觉艺术天赋。几年后，他被借调到北京中国摄影学会，并从此一发而不可收。这个人，便是后来被法国著名人文摄影家布列松赞誉为“拥有一双发现真理的慧眼”的摄影家——朱宪民。

1971年，为了壮大摄影队伍，输送新鲜血液，时任吉林省新闻发稿站①采编组组长的郎琦，建议从农村选调十二个人到站内学习。这十二个人被郎琦等人一一选中后，得以在更好的环境中学习成长，如今，他们都已在摄影事业上有所造就。其中之一李立，不仅成了著名的相机收藏家，还被中国摄影家协会授予了“特殊贡献摄影工作者”称号。

…………

说起郎琦的得意门生，一时说也说不完。但这里有一个学生比较特殊，他就是郎琦的儿子——郎平。

许是对艺术的亲近感也是能够遗传的，郎琦的子女都从小就在艺术上表现出了惊人的天赋。女儿郎慧对色彩极其敏感，拿起画笔就不愿放下；儿子郎平则从小就喜欢摆弄相机，对摄影有着很高的悟性。1977年郎平退伍复员后，开始有了时间正

① 《吉林日报》1961年休刊后，在1969年成立了吉林省新闻照片发稿站，1973年改称吉林省新闻图片社。

式学习摄影，只短短几年，聪敏好学的他便在父亲的引领下，如一颗新星冉冉升起。他拍摄的作品《碧水银花》登上了《人民画报》，并入选吉林省第十届摄影艺术展；作品《松花湖》入选全国绿色宝库摄影艺术展……甚至有人说，郎平大有青出于蓝而胜于蓝的势头，前途不可限量。

可是，天妒英才，谁也没有想到，这颗耀眼的新星很快便陨落了，将郎琦所有美好的希冀都击碎在了1990年。

5. 接连打击

1990年，郎琦六十四岁，由他和李可明、李守芳、赵冰等人担任摄影工作的《长白山志》顺利付梓，对长白山的宣传开发正在有条不紊地进行着。

如果不是因为那场变故，人们心里都以为，那个工作起来总是不知疲倦的郎琦永远不会老。

可就在这个时候，郎琦迎来了他人生中最难以面对的现实：郎平因病去世了。而比失去爱子更令他煎熬百倍的，是内心挥之不去的的疚悔。与孩子们相处的一幕幕，过电影般在他的脑际不断重播，郎琦突然觉得，自己亏欠子女的太多太多了。

在战争年代，部队铁打的纪律铸就了郎琦刚直不阿、说一不二的性格，加之头脑中固有的一些封建思想，他对子女的管教一直都有些严苛。尤其对郎平，因为是男孩子，为了防止他走上歧路，郎琦为他设置了条条不可触碰的红线，连他的穿衣打扮也时常干涉。

面对这样的严父，两个孩子都很惧怕。郎慧和郎平小的时候，郎琦因为工作需要很少在家，偶尔回来，会给他们拍些照片。这在那个年代本是稀罕物，可因为对父亲的敬畏，孩子们却从来不敢摆弄那些照片。

即便是两个孩子长大成人了，郎琦也自认为没为他们做过什么。在物质上，一心专注摄影的郎琦两手空空，并不顾子女的住房需求，将组织分给他的房子上交充公；在事业上，郎琦更是从未给予过什么扶持，全靠他们自己打拼。那年郎平退伍复员时曾遇到择业上的困难，有人提出可以让郎平去《吉林画报》，郎琦厉色回绝："那能行吗？！父子俩弄到一个支部去，那还了得？！"为了避嫌，身为吉林省摄影家协会主席的他甚至一次次驳回郎平的入会申请，哪怕那时候郎平已是公认的黑马，要天赋有天赋，要作品有作品。

因为这件事，父子俩还曾发生过一次争执，那是郎琦记忆中的第一次，也是最后一次。那天，郎平的入会申请又一次被郎琦驳回了，从来不会顶撞父亲的郎平发了脾气，半抱怨半讽刺地说："嗬，可惜了，国家主席怎么不知道吉林省有个这么无私的郎琦呢？"

正坐在沙发上看报纸的郎琦听了，腾地起身怒斥道：“郎平，你说这话，还像个党员吗？！”

郎平也不甘示弱地回道：“哪个党员不顾家啊？！”

…………

那场争执最后是怎样收场的，郎琦已经记不清了，但让他一生都不能释怀，也再也不会有机会去弥补的，是郎平至死都没能成为吉林摄影家协会的一员。

“他走的时候才三十六岁啊！我那时候太古板、太偏执了，是我的家长作风伤害了他。”任何时候提起郎平，郎琦都会连连摇头，眼含泪光。

次年，郎琦从《吉林画报》离休了。本该是颐养天年、享受天伦之乐的时光，郎琦却深陷丧子之痛不能自拔。深受打击的他为了转移注意力，开始更加专注于长白山的拍摄，似乎唯有那片净土可以涤荡他的苦痛。

愈加废寝忘食的拍摄，使郎琦在接下来的几年里又创作出了大量佳作，不仅多次被聘任为国家级和省级影展评委，还荣获了吉林省政府最高文艺奖“长白山文艺成就奖”。可长时间高强度的工作，加之郁结在内心的悲痛，郎琦的身体每况愈下，时常在拍摄过程中心脏病发作，甚至几度休克在长白山上；1999年，七十二岁的他被查出胃癌，不仅在手术中切除了五分之四的胃，术后还因为肠粘连饱受肠梗阻的折磨。仿佛只是转眼的工夫，那个总是神采奕奕的郎琦便形销骨立，头上爬

⊙ 服用速效救心丸后继续拍摄 1995年 长白山

满了白发。

“老伴儿啊，求你别再拍了。儿子已经走了，你要是也随他走了，我可怎么办呢！”相知相守的五十多年里，一直在背后默默支持郎琦的关静，无论在战争年代，还是和平年代，任何时候都没有干涉过郎琦的工作，可看着老伴儿日渐虚弱的身体，她再也无法沉默了。

这一年，吉林省为迎接新中国成立五十周年，对一个世纪以来省内艺术家们的艺术创作进行了全面回顾和综合评审，郎琦在众望所归中被授予了“世纪艺术金奖”。可也是在这一年，从十三岁便接触摄影的郎琦，在精神和肉体的双重打击下，于万念俱灰中放下了在手里握了半个世纪的相机。为了逃避摄影世界，彻底断了自己的念想，他宣布挂机，并低价处理了他最心爱的哈苏。

第六章　情归故里报国恩

一个战士要不战死沙场，就是回到故乡。

1．重整旗鼓

那是2000年的一个午后，郎琦躺在家中的床上，茫然地望着窗外。阳光和煦，可并没能温暖这位老人。因为情绪长时间的低落，加之胃部被大量切除后的饮食限制，术后的郎琦身体恢复得并不好。此时，他形容枯槁，脸颊深深地陷了进去。

这时，一位特殊的客人走进了郎琦的家。

“郎老，我是专程来请您出山的！”此人放下手中的慰问品，径直坐到了郎琦床前。

“省长，你怎么来了？”

原来，这个人是吉林省人民政府分管旅游工作的副省长魏敏学。为了大力宣传长白山，省里正计划出版长白山画册。

“咱们省的旅游业一直落后，如果能把长白山推出去，会是改善民生的好机会。图片远比文字直观得多，所以我们想从影像宣传入手，这需要您的支持。”副省长拿出一个橘子，细细地剥了起来。

“我已经挂机了。”郎琦嗓音沙哑，低声说道。

“我听说了，我也知道您身体不好。可比起现在这样在家里消沉下去，去长白山走走未尝不是一件好事。郎老，您是从枪林弹雨中走过来的人，什么大风大浪没见过。依我看，您得的更多的，是心病啊！”

副省长的一番话，一字一句都敲在郎琦的心上。是的，挂机后的日子，并没有让郎琦感到过一分一秒的轻松。

一阵沉默过后，郎琦说道：“我现在站都站不稳，更别说爬山了。咱们的人才有很多，他们一定会把长白山拍好。那不只是造福一方百姓的事情，还有深远的政治意义。”

“没错，关于长白山的归属，可有其他国家虎视眈眈呢！咱得让全世界都知道，中国有座长白山，长白山是我们的。这样重要的工作，更需要您亲自坐镇啊！”副省长将剥好的橘子递给郎琦，就像递予一份期望和请求，“别说您爬不了山，有我扶着呢！”

又是一番沉默后，郎琦颤抖着说：“那我试试吧。”

在接下来的一段时间里，省政府的相关工作人员只要一有时间就往郎琦家跑，听取他关于宣传长白山的建议。原本计划只印五千册的长白山画册，也增加到两万册，并且一万册是中文版，一万册是要走出国门的英文版。在副省长的鼓励和帮助下，郎琦的状态一天天好了起来。术后仅六个月，他便拄着拐棍儿，颤颤巍巍地重新登上了长白山。

可郎琦第一次重返长白山，没过两天，就因为在山上饮食不规律引发了肠梗阻，不得不回到长春住院治疗。自那以后，为了避免再因为这样的事情影响拍摄，每次上山前，他都要先用药物清理肠胃，上山后就每天只吃一点儿东西，一瓶AD钙奶和两个小面包，就是他一整天的食物了。

为了扩大影响力，不久后，郎琦利用自己的人脉，开始策划大规模的拍摄活动，邀请了国内外十余名知名摄影家齐聚长白山。

那是一次长达五天的采风。郎琦拄着拐杖，在其他人的搀扶下，每天天不亮就开始爬山，陪同一众摄影家走过了一个个他烂熟于心的景点——这座大山他已经拍了四十几年了，这里有什么奇石，那里有什么古树，他再熟悉不过了。前来采风的摄影家们将长白山比作摄影创作的天堂，为长白山又献上了一大批如梦似幻的写真，随后这些精品结集为《中国吉林》《吉林冰雪》《中国长白山》三本画册，面向全国出版发行。一时间，长白山在中国内地、香港地区，乃至东南亚，引起了轰动。

这一年，吉林省在北京举办了"中国长白山"大型影展。从一张摄于开幕式当天的照片可以看到，郎琦的笑容是那样纯真和开怀。谁能想到，这个老人就在不久前，刚刚与死神经历

⊙ 在“中国长白山”影展开幕式上 2000年 北京（左一为郎琦）

过殊死搏斗呢？

2001年，他又为宣传长白山远赴香港，出席了国际旅游展览会。

郎琦常对人说：“是魏省长给了我第二次生命。”

而对魏敏学这位艺术的门外汉来说，是郎琦将他引入了摄影艺术的殿堂。

两个相差二十几岁的人，因着一个共同的目标，在宣传长白山的这条道路上，结成了亦师亦友的忘年交。2002年和2003年的春节期间，正当家家户户都沉浸在团圆的喜乐之中，二人却连续两年于初二便一头扎进深山，在冰天雪地中一拍就是四五天。

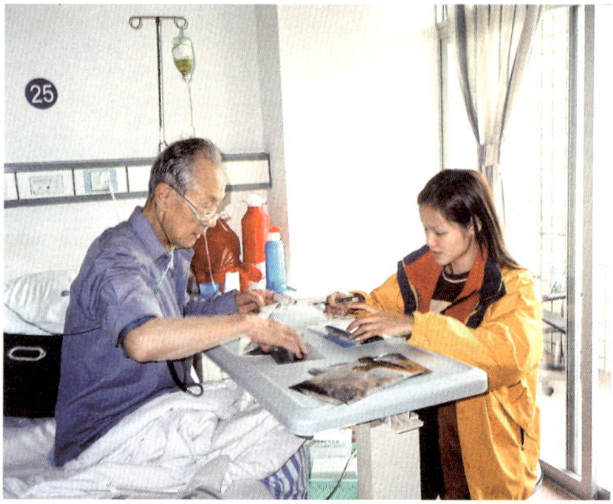

⊙ 同《中国旅游》的编辑在医院编选稿件 2002年 深圳

2002年，郎琦乘飞机去深圳为香港《中国旅游》杂志编选宣传长白山的稿件。飞行途中，年迈的郎琦因过度疲劳突然休克，在飞机上经过抢救后，落地直接住进了深圳医院。为了保证稿件能够如期刊发，住院期间，郎琦插着氧气管，与《中国旅游》的编辑反复交流，精益求精，在病床上坚持完成了稿件的编选工作。

见复出后的郎琦工作起来比以前还要拼命，老伴儿关静刚刚放下的心又悬了起来。要说失去爱子的哀恸，身为一位母亲，关静何尝不是深陷其中，可郎琦尚能够通过摄影转移内心的苦痛，关静更多的时候则只能在空荡荡的家中自我开解，还要时常挂念着外出工作的丈夫。终于有一天，当郎琦结束了几天的拍摄回到家中，关静哽咽着对他说："战争年代，你在前方，把我留在后方；和平年代，你拼事业常年不回家；现在老了，你还是把我一个人留在家里……"

⊙ 在深山雪林中度过春节 2002年 长白山

⊙ 这世上本没有路 1980年 长白山北坡

⊙ 八十一岁的郎琦在风雪中拍摄 2008年 长白山

如果可以，这世间谁不想尽善尽美，扮好自己的每一个角色，不对任何人有所辜负。可假若历史是一片汹涌无光的汪洋，总要有人乘风破浪，亮起灯塔。从1946年那个春天，郎琦和关静选择成为一名解放军战士起，他们的人生就已不再仅仅属于自己。所以这一次，如接受漫长人生中其他无数次的指引一样，郎琦和他背后的关静又一次以他们的方式和解。自那以后，虽然郎琦还是如往常一样为了长白山的宣传不断奔走，可无论在哪里，到了晚上七点，他都会准时和关静通话，两人互报平安。

这些人的牺牲和努力没有白费。

2002年，是联合国确定的“国际山地年”。这年10月，为

⊙ 变幻莫测的云雾 1996年 长白山

⊙ 林海晨晖 2000年 长白山

响应联合国号召，更好地弘扬中华民族的传统文化，提升中华名山的整体形象，我国首次开展了“中华十大名山”的推选活动。活动历时三个月，以社会知名度、传统文化、生态环境、景观特色、科学价值与管理建设等为推选标准，最终经过众多权威人士的充分酝酿和讨论，在四十二座候选名山中，选定了十座。“五岳独尊”的泰山摘得魁首，而长白山排名第六，仅次于排在第五位的世界第一高峰珠穆朗玛峰，连华山、武夷山、玉山和五台山都位列其后。

2007年，我国第一批5A级旅游景区[①]名单出炉，全国六十六家风景区光荣登榜。这首批六十六家个个堪称经典，是人们公认的“一生必去的地方”：北京故宫博物院、八达岭长城，陕西秦始皇博物馆，贵州黄果树大瀑布，福建鼓浪屿，四川九寨沟……这些，哪一个不是代表着我国世界级风景区的精品水平？长白山景区亦赫然在列。这年年底的统计数据显示，客流量逐年增长的长白山，到此时已达八十万人次。可回想那人迹罕至、连路都没有的过去，仿佛就在昨天。

如果说在郎琦的心中，还有什么能像长白山一样让他时时挂念，那大概就是吉林画报社了。《吉林画报》的诞生，还有它每一步的行走、跌倒和奔跑，都如同长白山的一草一木，刻在郎琦的心头；从某个角度讲，郎琦成就了《吉林画报》，

① 我国旅游景区质量的等级共划分为五级，5A级为最高等级。

⊙ 静谧的原始森林中建起了游客之家 2009年 长白山

《吉林画报》也成就了郎琦，成全了他与长白山的奇遇。所以自1991年离休后，郎琦始终关心着画报社的发展和未来，依然不时地为社里提供专稿。

2008年8月，是《吉林画报》创刊五十周年的日子。为了送上一份特别而有意义的生日礼物，已经离休了十几年的郎琦，以《吉林画报》的名义邀请了《人民画报》《解放军画报》《民族画报》 等全国几十家画报一百余人，来到长白山地区开会交流——既为画报社庆了生，也进一步宣传了长白山。热烈的全国画报媒体吉林大采风活动足足持续了好几天，引得每一个与会人员流连忘返，会议结束后，大量精美绝伦的摄影作品陆续在各家画报刊载，不说后无来者，也算得上前无古人了。如果放在现在，当时的长白山，绝对是名副其实的“网红”。

2. 德艺双馨

2012年10月10日，一眼看上去就是个好日子。

就在这一天，长白山保护开发区摄影家协会在千呼万唤中正式成立了，郎琦等十三人被聘任为顾问。这意味着塑造、提升长白山形象，推进长白山建设的工作，更加规模化和专业化了。

此时，长白山下的一座名为“六人沟”的小村庄还没有意识到，它的命运即将被改写。

有人说，对于那些能够发现美的艺术家们来说，自然就是美的聚宝盆，美往往就藏在平凡之中，甚至在那些原本看似丑陋的事物中。是的，如果不是摄影师那能够发现美的眼睛，如今六人沟村很可能还只是一个安安静静的小山村；村中的七十多户农家，也不过是循着前人的轨迹，在松花江畔默默耕耘；刘四，也可能还只是一个普普通通的农民。

这一切，都在协会成立后的第二年被改写了。

2013年秋天，几名长白山摄影家协会的会员在长白山脚下发掘新摄影地的时候，意外发现了六人沟，觉得这是极具潜力的摄影好去处。不久，他们再次来到此地，借宿在了一户人称“刘四”的村民家中，连续几日深入拍摄。起初，没有多少文化的刘四见他们每天早出晚归，只觉得神神秘秘，并不明白他们究竟要干什么。几天后，当这些人将一幅幅照片展示给他的时候，他震惊了：画面上的六人沟青山环抱，绿水围村，峻岭蜿蜒，雾霭氤氲，如同仙境一般！刘四一边翻看照片，一边情不自禁地喃喃道：“这真的是我们世代生活的地方吗？原来我的家乡这么美！”

这些照片在网络上发布后，立即引起当地县委县政府的重视，在全国摄影界也引发了不小的轰动。各地的摄影爱好者纷纷前来，有人形容这里是“现实版的桃花源”，有人说“它的美能够逼疯摄影师”，刘四的家也成了公认的接待站，当起了掌柜的刘四不仅为大家提供住宿，还包一日三餐，每餐四菜；有时小小的接待站人满为患，刘四就把大家安排到左邻右舍。原本名不见经传的小山村就这样热闹了起来。

听闻长白山摄影家协会成立不过一年，就有这样喜人的成果，郎琦感到莫大的欣慰；更让他高兴的是，六人沟位于长白山脚下的安图县——那正是他魂牵梦萦的家乡。不久，年近九十的他背上相机，来到六人沟实地考察。

起初，得知这位新客人是摄影界德高望重的泰斗，刘四有些诚惶诚恐。可是很快，他发现这个前辈待人和善，没有丁点儿的架子，而且精气神儿十足，如果不说，还以为他不过七十多岁呢。

因为清晨时分的雾霭是六人沟风光的一道招牌，想拍晨景必须要在太阳出来之前就赶到山上，所以不到凌晨三点，刘四就看到郎琦悄悄起床的身影，看他静静地擦拭、整理器材，准备随时出发。郎琦曾说：“我的一生有两个伴儿，一个是老伴儿，一个是照相机。”几十年来，郎琦有个习惯，无论拍摄多么辛苦，收工多么晚，回家第一件事都是把相机零件一一拆下来，细细擦洗；出门之前，还要重新检查和擦洗一遍。自2012年老伴儿关静去世后，相机更成了他唯一的伴侣、唯一的精神寄托。

后来，郎琦又多次来到六人沟拍摄。对他来说，这里迷人的不仅仅是宜人的景色，还有农村建设日新月异的新风貌。在一来二去的接触中，郎琦与刘四也愈发熟络起来，便不禁关心起了这个勤劳淳朴的年轻人的未来。

一日，刘四开着他的“四不像”（一种农用车）如往常一样送郎琦等人上山拍摄，郎琦眺望着远处的美景，想到刘四日复一日重复着这样迎来送往的工作，忍不住问道：“接下来你有什么打算？”

“我想成立个摄影之家，专门为这些搞摄影的人提供便利。”刘四的回答几乎是不假思索，看得出这个想法他已经酝酿很久了。

“你没想过也加入到学习摄影的行列吗？”郎琦又问。

刘四笑了。“郎老，您可别取笑我了。咱是个农民，种地还行，学照相？这辈子都没想过。”刘四顿了顿，继续说道，“再说相机那么贵，我还真是舍不得花那么多钱。”

“农民咋了？我想让你成为一名农民摄影家。没有相机我给你！”

这一番对话，起初刘四并没有放在心上，自村子火了以后，类似的话，他也并不是第一次听；但对他来说，摄影根本就是一件遥不可及的事情。谁知郎琦离开六人沟不久，刘四就收到了一份远道而来的礼物，打开一看，竟是一台佳能300D相机和一套镜头。刘四深深感受到了前辈对自己的关心，对自己所寄予的期许和厚望，不只是嘴上说说，便下定决心从此学习

⊙ 云雾缭绕的六人沟（刘四摄影）

摄影。

2016年，刘四如愿成立了摄影之家，郎琦亲自前来贺喜，并亲笔写下了一副对联送给他，上联是“四马凤霞①迎宾客”，下联是“三阳开泰喜盈门”。刘四如获至宝，心里充满了感激，对摄影的学习更是愈发勤奋，生怕辜负郎琦的一片苦心。

刘四就这样一边种地，一边摄影，一边经营着摄影之家，日子过得越来越红火，邻里乡亲见了，全都羡慕不已。后来在刘四的影响下，许多村民也都跟着拿起相机，玩起摄影来。每

---

① “四”指刘四，“马凤霞”是刘四的爱人的名字。此处不仅将二人的名字融入其中，也点出了六人沟的风光特色。

⊙ 八十八岁的郎琦登临长白山采风 2015年10月

次郎琦来到六人沟，都为慕名而来的摄影爱好者耐心地讲解摄影知识和技巧。晚年的郎琦，更加注重对新生力量的培养，无论是圈内默默无闻的年轻后生，还是山里这些普普通通的农民，他都愿意毫无保留地分享自己积累了一生的宝贵经验。他常语重心长地说，希望年轻一代的摄影人能够挑起重担，用相机记录历史，传承未来。

如今，刘四已经成为延边州摄影家协会和安图县摄影家协会的会员，带领乡邻们走上了乡村脱贫致富的道路，成为当地政府发展乡村旅游的先进代表。六人沟也一扫旧时风貌，被誉为“长白山下第一村”。

因为长白山而改写命运的，刘四和六人沟不过是一个缩影；而长白山的美之所以能深入人心，摄影无疑起到了十分关键的推动作用。正因如此，郎琦从不会放过任何一个宣传长白山的机会。

你大概没有见过有谁会在自己的个人作品集里收录别人的作品，郎琦就是那个不拘一格的人。2016年，郎琦出版了个人摄影作品集《长白山》，里面收录了一幅特殊的作品，名为《美妙天池》，署名曲彦林。

在个人的作品集里为什么要收录别人的作品？郎琦给出的解释是：“这幅作品拍得真的很好。作为一本反映长白山之美的画册，我认为放上它更完整。”

在郎琦眼中，比起长白山博大的恩泽，他个人的得失根本不值一提。有一次，一家知名啤酒厂在做品牌宣传时，用了郎琦的长白山摄影作品。对于这种商业行为，郎琦作为版权所有者，完全可以要求啤酒厂支付相关的费用，可淡泊名利的他并没有这样做，反而这样说："这是宣传长白山的一个好机会，能为家乡的宣传出一份力，是很有意义的事情。"

几十年里，无数个类似的点滴都投射出郎琦宽广的胸怀，他对摄影事业的热忱，早已经超越了个体的偏好，上升为对一门艺术的关心和对社会的责任。他还曾精心挑选了一批摄影作品，捐赠给了家乡的安图档案馆。圈里圈外，人人都尊称他为"郎老"，绝不只是因为他的年长，而是因为他的德艺双馨赢得了每一个人的敬重。他的学生无不对他的谆谆教诲念念不忘："从摄影作品能看出一个人的人品。想拍出好的作品，首先人品要好。谦虚谨慎，不骄不躁，摄影的路才能走得更远。"

2016年10月15日，北京国际摄影周2016开幕式晚会在北京中华世纪坛举行，来自十余个国家的逾百位摄影师出席了晚会。八十九岁的郎琦一出场，立刻就成为全场的焦点。这个帅老头儿身着西装，精神矍铄，一头鹤发干干净净，他拄着拐棍儿，在红毯上走出了他的"金光大道"——这天，他被授予了中国艺术摄影学会设立的最高奖"中国摄影金路奖终身成就奖"。

"这只是对过去工作的总结，并不是结束。"获奖后的郎

⊙ 在北京国际摄影周2016开幕式晚会上 2016年10月 北京

琦这样说。此后，他还买了一台便于携带的微型单反，决定大干一场。

在女儿郎慧眼中，父亲是一个执着的人。她陪父亲外出拍摄的机会虽然不多，但仅有的几次，足以让她感受到父亲对长白山的缱绻深情。每当父亲领着自己走进那座大山，他都仿佛游逛着自己的后花园，解说起来如数家珍，。

有一次，他们在长白山拍摄时突然下起了大雨，郎琦看了看天，思考了一会儿，便招呼大家尽快上车。原来，根据经验，他认为有一处地方一会儿很可能会出现彩虹。听他这么一说，大家赶紧驱车前往。后来，大家不仅真的在郎琦预测的地点看到了彩虹，而且看到了两条——两条绚丽的彩虹奇妙地叠在一起，在天际形成了罕见的霓虹。在场所有人都被大自然这美妙的天象迷住了，更惊叹的是郎琦对长白山的了然于胸。

经常陪郎琦外出拍摄的，是他的女婿申继双。因为爱好摄影，申继双退休后便成了郎琦的得力助手。可是，特殊的身份，让他对郎琦既敬佩又担心。敬佩的是，郎琦对摄影忘我的执着始终如一。他见过八十多岁的郎琦顶着炎炎烈日，忍着严重的过敏性鼻炎拍摄花海；也见过他在极寒的天气中踏冰破雪，为了拍摄一张满意的雪景不惜走上几公里。晚年的郎琦手指严重弯曲变形，就是长期在风雪中保持按快门的姿势所致。

最让申继双担心的，也恰恰是这份执着。

有一年冬天，申继双还有几名摄影发烧友，和郎琦一同去拍风雪中的鸭绿江大峡谷。因为害怕天气转晴错过拍摄的良机，一路上，郎琦起初是快步疾走，后来越走越着急，最后竟然跑了起来。山上的路本就不好走，风雪天气路况更是糟糕，大家看他这样，全都忍不住在后面喊起来："郎老啊，您慢点儿！"

和郎琦有着忘年之交的李长江也有类似的记忆。他们二人的相识，始于郎琦去李长江工作的槽子河林场拍摄长白山天池。当时林场中有一座用来防火的瞭望塔，塔高数十米，比林场中的参天大树还要高。郎琦见了喜出望外，立刻兴奋地提出要爬到塔顶拍摄，说那样不仅可以拍出长白山的巍峨，还能拍到莽莽林海，一定非常壮观。这个提议可把李长江吓坏了。因为通往塔顶的楼梯垂直于地面，虽然有扶手，但整体非常简

⊙ 鸭绿江大峡谷 2009年

⊙ 鸭绿江大峡谷 2011年

⊙ 八十九岁的郎琦为拍摄登上吊车 2016年6月 珲春防川

陋，而且冬天的梯磴很滑，就算郎琦身体再好，也不能让一个八九十岁的老人冒这个险啊！李长江连拉带拽，好说歹说，最终才把郎琦拦了下来。但郎琦那无畏的神情，已经彻底征服了他。

就是这样，郎琦一生不沾烟酒，摄影算是他唯一的“瘾”。晚年的他，虽然不能再像年轻时那样拿起相机说走就走，但只要让他逮到机会，不拍到尽兴都不算完。只要相机还握在手中，他好像永远都是那个冲锋陷阵、热血沸腾的青年，就如他总是穿着火红的冲锋衣一样。笔者曾问他，他的外套为什么都是千篇一律的红色，若不仔细辨别，还以为都是同一件呢。他轻描淡写地笑着说，因为红色醒目，长期在户外拍摄，如果出现什么意外，更容易被发现。笔者从来没有想过，这样一种火热亮丽的颜色，背后竟隐藏着这样无声而沉重的告别。当笔者读懂了它的含义，再去一张张翻看郎琦那些身着红衣的工作照时，内心对他的敬重不禁又掺入了一丝心疼。一位摄影家要有多坚定的信仰和多强大的勇气，才能直到生命的最后一刻，依然渴望拍出一张美好的照片呢？

3．争分夺秒

郎琦最后一次去长白山，是在2017年。

这一年，九十岁的郎琦带着他的微型单反，在女儿、女婿的陪同下，再次前往长白山南景区拍摄。可遗憾的是，景区当时因故处于关闭状态，郎琦不得已只能在周边拍一拍。直到他恋恋不舍地坐上返程的车，嘴里还在不住地说着："以后有机会，我再来……"

可是不久后，死神再次会见了他的老朋友，将这个"机会"无限期地拖延了——郎琦又被查出了声带癌，需要尽快接受手术。对于这样高龄的患者来说，无论手术还是麻醉，风险无疑是巨大的，几乎所有人都做好了最坏的准备，包括郎琦自己。

这件事，让郎琦的思想有了彻底的转变。

“我突然意识到我的时间不多了。如果我突然‘没’了，我拍过的那些照片怎么办呢？我不该再去贪恋更多的风景，我应该将一生积累的素材好好发掘、整理，把它们完完整整地留给国家，留给后人。这里面既有经验，也有教训。新中国早期的摄影记者健在的已经不多了，这是我应尽的社会责任和义务……”

带着这份难舍的牵挂，郎琦在全麻状态下接连做了两次手术，从此他进食更为困难，变得愈发消瘦，嗓音也因为声带受创而变得嘶哑，但总算是又一次与死神擦肩而过。此后，郎琦一头扎进了他的书房，开始对自己一生的拍摄进行总结整理。

为了对这项工作的规模有一个相对直观的概念，笔者曾问过郎琦他一生拍了多少照片。他摇摇头说：“我也说不清。”笔者又请他估计一个大概的数字，他秉承着惯有的严谨，笑着摆摆手：“这不能乱说，万一说多了，好像在吹牛。”可笔者知道，七十年来，郎琦光是选送到世界各国展出或参赛的作品就高达千余幅，更别说那些从来没曝光过的作品了。在郎琦家中，书桌上、书架上、各式各样大大小小的储物柜里，甚至窗台上、地板上，都堆满了影集，光是有据可查的就不止上万张。对一位从胶片时代走出来的摄影家来说，这个数字其实是非常惊人的，过去那摄像器材短缺的艰苦岁月培养了老一辈摄影人慎思笃行的作风。即便后来各种高端智能的数码相机大行其道，太多人都喜欢在毫无克制的连拍中择优，郎琦也极力保

晚年正在整理照片的郎琦

持着尽量“一张成型”的拍摄习惯。

这项总结整理工作的难点不只在于数量的庞大，还在于方法的原始。因为不会使用电脑，郎琦只能通过人工手段来整理：他将所有的底片冲洗出来，再和底片一一对应粘贴，用铅笔在照片背面标明序号，并做好详细的备注——包括拍摄的时间、地点、人物、事件等；然后根据年代和类别的不同，将照片分装在不同的文件夹里，比如有的是解放战争时期的，有的是抗美援朝时期的，有的是新中国社会主义建设时期的，等等，其下还要细分为更多的子文件夹；针对每个文件夹，都要制作带有缩略图的目录。这样，想找什么照片，先确定类别，然后在对应的目录中查找编号，有了编号，再去文件夹中进一步翻找……

这样一项浩大的工程，光是想想就够让人头晕脑胀了，对一个九十岁高龄的老人来说，繁杂程度可想而知。数以万计的照片和底片像被时光旋涡打散的巨幅拼图，郎琦则像衔木石以填海的精卫，像叩石垦壤以移山的愚公，周而复始、不厌其烦地将那些记忆碎片一片一片地归位于历史的坐标之上。在他每天满满当当的作息安排中，连按时吃饭都显得那样奢侈——

早上不到五点他就会醒来，先躺在床上自己做些按摩提神醒脑，为接下来一整天的工作做准备。

到了五点半，他起床吃药，然后开始洗漱，叠被。为了照顾郎琦的饮食起居，郎琦的家人是给他雇了保姆的，但像洗衣、叠被、整理房间这一类的事情，他始终坚持自己做，洗完的衣服，也会自行晾晒和收纳。他衣柜中的整洁，怕是会让绝大多数人自惭形秽，应季的衣服整整齐齐地挂在衣架上，换季的衣服则分门别类、板板正正地叠进一个个纸盒里，每个盒子外都贴有郎琦手写的标签，如“工作裤”“灰高领”“黑套衫”“红开衫”等。

接下来，郎琦开始做操。这是一套他自己发明的保健操，他已经雷打不动地坚持做了几十年。随着年纪的增长，做操时郎琦常常感觉到体力不支，很多时候都产生过放弃的念头。每到这个时候，他就提醒自己，人都是有惰性的，做任何事都贵在坚持，如果间断一次，就会有第二次、第三次，决不能让惰

⊙ 照片和底片对应粘贴→给每一张照片编号、备注→按类别分装文件夹→制作缩略图目录 2020年5月

性趁虚而入。所以这么多年来，再累再难他也一定会坚持把操做完。说他是在锻炼身体，其实更像是在磨炼意志。

做完操后，郎琦便进入书房开始第一轮工作。大约7点半，在保姆的提醒下吃早餐。

饭后，在大多数人刚刚开始一天的生活时，这位老人已经感到有些疲累了。此时他需要滴上眼药水休息一会儿——并不需要太久，十分八分后，他就会再次钻进书房，直到保姆来喊他吃午饭。

吃过午饭后，经过一个多小时的休息，他就又投入下午的工作，直到晚饭时间。

晚上，郎琦虽然不再继续工作，但会坐在沙发上认真地收看新闻联播，了解国内外的要闻，这和做早操一样，是他每天都不能舍弃的环节。八点半左右，郎琦准时上床睡觉……

就这样日复一日，只要没有访客，郎琦的每一天，就是不断重复着上述的轨迹。保姆刘仁芝这样说道："这么多年，郎老总是沉浸在他的工作中，一日三餐，每餐都得我去书房叫他，他才知道到了吃饭的时间。"

埋头于整理工作的郎琦，也时常会想念心中的那座大山，很想再去走一走，看看它又有了什么新的变化；但想到自己年事已高，不愿给他人添麻烦，也就打消了念头，继续将自己一天又一天地锁在那间不过十平方米的书房里。可有限的空间并没能禁锢他对长白山的牵挂，为了更广泛地传播长白山的形象，他亲自设计了一套便携精致的明信片，从北坡、西坡、南坡三个不同的角度展现长白山奇绝的风光。隔三岔五，还会有人慕名请他帮忙编审长白山题材的作品，虽然他已经忙得不可开交，可面对各种请求他仍然说不出拒绝。他的家人心疼他，常劝他适当推一推，他却说："有人愿意宣传长白山，这是好事；再说，年轻人不容易，应该支持他们的工作。"

4．薪火相传

每一个拜访过郎琦的人，几乎都会咋舌于他思维的清晰。尽管他已经九十多岁的高龄，嗓音也因为声带的损伤变得嘶哑，但他总是目光如炬，提到远至几十年前的许多事情，哪怕是一个人名、一种颜色，他都能不假思索地脱口而出。

如果不是因为长时间的接触，我也要被他"骗"了。

其实，郎琦的记忆力早已经开始滑坡。他的记事能力呈现出极端的分化，越遥远的事记得越清楚，却常常记不起最近发生的事。他之所以能让自己的生活依然保持有序，是因为他在每一个细节上与不听话的大脑做着斗争。比如，节俭的他将那些药品说明书收集起来当作便笺纸，废弃的药盒则被他一一展开，剪成一张一张巴掌大小的卡片，放在衣兜里，放在枕头下，放在书桌上，放在任何触手可及的地方，以便他随时对重

⊙ 记有访客名单的便笺
2019年10月

要的信息做记录。所以，虽然他饱受记忆衰退的困扰，可他答应别人的事情，从来没有食言过。

有一次，我跟他约好，在几天后的上午九点拜访他。到了约定的日子，因为早高峰堵车，我敲响他家门的时候，是九点零三分。保姆打开门，我看见他已经穿戴整齐——他总是那样整洁，看不出一丝疲态——端坐在椅子上。见我进来，他笑着招招手，说道：

“你今天迟到了三分钟。”

这个画面，时常在我脑海中浮现，不只是迟到本身带给我的羞愧感让我难以释怀，而是一位已经九十三岁高龄、记忆力严重衰退的老人，在时间面前依然恪守着他的精准，实在让人敬服。

还有一个画面，也是在笔者心中始终挥之不去的。那是2019年的一个秋日，我去拜访他的时候，他正在全神贯注、小心翼翼地调试一台相机。“您这是要出去拍片子啊？”我这样问他。

“不出去，就在窗口拍。我这把老骨头去哪儿都是给别人添麻烦。”说着，他指着窗外的红叶告诉我，“我在等今年的第一场雪，那时红叶披上白雪，一定会很美。”

彼时，北方正值“秋老虎”的时节，暑热未尽，天气还热得很。我笑着对他说：“郎老啊，现在才9月，下雪还早着呢！”

“可我得早一点儿做好准备。我要是不经常摆弄摆弄它，我就忘了怎么用了。”

谁能想到，一个已经行摄七十余年的摄影大师，却会在某一天因担心不会使用相机而如此忧虑呢？为了心中的那团火，他在努力以各种方式对抗着岁月残酷的侵蚀。

到了2020年下半年，郎琦的记忆力已经衰退到了提笔忘字的程度，许多十分简单常用的字也会忘了怎么写。但他依然不遗余力地推进着手中的整理工作，哪怕每给照片写一条备注，都要翻上一次字典，每天工作的时间，绝不比身在职场的年轻人少。在我截稿前最后一次拜访他时，他整理的文件夹，编号已逼近1000。面对那些尚没有整理完毕的部分，他既有些苦恼，又百般坚定地对我说：“我并不怕死，但我怕留下一个

‘烂摊子’没有人能收拾。所以我必须争分夺秒。”

那天，因为临近双节[1]，我问他，除了想快点儿将手里的资料整理完毕，还有别的愿望吗？我那样问他，本是想为他准备一件合心意的礼物。谁知他想了想，然后垂下了眼睛，像被戳中了什么心事一样，缓缓说道：“我总觉得我的时间不多了。前些年我已经将郎魁珊的烈士名录从和龙挪到了故乡；我想在我百年以后，家人能够将我也送回故乡，把我的骨灰撒到松江上……”

他的话，将我瞬间又拉回了2019年的那个夏天。在我们展开第一次对话的时候，他站在他人生的原点，静静地向我回忆着自己的童年，那时他的故事里还有他慈爱的父亲和母亲，他和他的弟弟，也还只是两个在娘娘库河摸鱼的孩童。我用一年的时间走过他九十三年的路，借他的双眼看了这世上近百年的沧桑，兜兜转转，不变的是故乡的那条河，与拳拳的赤子心。

萧伯纳有一句经典的名言是这样说的：“人生不是一支短短的蜡烛，而是一支由我们暂时拿着的火炬，我们一定要把它燃得十分光明灿烂，然后交给下一代的人们。”我总是会想，郎琦先生的一生不就是这样的吗？自他于哈尔滨摄影培训班接过众多名师的火炬，便一路小心地擎着它，走过炮火纷飞的战场，蹚过湍急腾涌的激流，踏过万紫千红的花海，穿过奇崛幽

① 2020年的国庆节和中秋节在同一天。

⊙ 在“岁月留痕·郎琦摄影作品展”上 2019年6月

深的山林……尽管如今的他已经步履蹒跚，但依然在奋力前行，做着冲刺接力的准备。他用一生守护着他手中的火炬，只为将它完整地交接给后人。

让人欣慰的是，与郎琦有关的展览每一场都观者甚多。尤其是那场被中共吉林省委列入“不忘初心，牢记使命”教育内容的“岁月留痕·郎琦摄影作品展”，开幕式当天场馆拥挤得水泄不通，上至满头华发的老人，下至蹒跚学步的孩童，都前去接受特殊的精神洗礼。现场的留言簿，也被观众写满了温情的话语：

“岁月留痕，万千风韵，指尖光影，中华年轮。”

“您不但用镜头记载您的人生，更给后人留下了珍贵资料。”

“郎琦老师用镜头记录了那个艰苦的历程和共和国红火的年代，对后来人有着心灵上的启迪，让人震撼。感谢你，岁月留痕。”

“感人至深，深受鼓舞，砥砺前行！”

“您和自己的弟弟都为中国人民的革命事业贡献了青春，您在老年仍然为祖国的建设奋斗着！您的艺术与品德都是我们学习的榜样，向您致敬！”

“从郎老身上我看到老一代摄影家的风采，致敬前辈。”

…………

岁月无痕亦有痕——在郎琦先生的镜头里；岁月无情亦有情，如果时光会说话，想必也会致敬那些逆行的勇者。这本书虽然暂时要进入尾声，但我确信，郎琦先生的故事永远不会有终点，就如那熊熊燃烧的火炬，代代相传，永不熄灭。

后记

这真是个让人又爱又恨的9月。

这个月，我本来听说了很多关于郎老的好消息：

我听说，在纪念中国人民志愿军抗美援朝出国作战七十周年之际，央视的记者要专程来采访这位当年的随军记者，在国庆前夕送来慰问和祝福；

我听说，长白山保护区召开了庆祝建区六十周年的纪念大会，对先进集体和个人进行了表彰，有七人荣获了“长白山生态文明建设杰出贡献个人奖”，其中有林学家、森林生态学家、植物分类学家、中科院院士等，还有一名艺术界的代表，那便是郎琦；

我听说，郎老的孙子马上要从深圳回来了，郎老已备好了一台高配的新电脑，准备让孙子接过他手中未竟的工作。这样一来，那些珍贵的历史资料很快就能整理完毕了……

可也是在这个月，我听说郎老毫无先兆地突然病危了。我赶到医院的时候，他正戴着氧气面罩沉沉地睡着，他的小臂和双手已经肿得注不进液体，药水混着血液溢出针孔，在被子上洇出一片殷红。我轻轻地握住他冰冷的手，感受不到一丝一毫的温度。

不愿相信，这就是那个几天前还热情地非要留我在家中吃火锅的老人。那时我说下次、下次，关上门，却再也没有了下次。人生中太多的遗憾，都来自我们总以为来日方长。

从郎老家人的手机里，我看到了他刚入院时的影像。那时的他还勉强能说话，他躺在病床上，跟人谈论的话题依旧是长白山。这个场景是那样熟悉，十八年前，他也是这样在病床上为《中国旅游》杂志编选了宣传长白山的稿件。时光倏然而逝，长白山的今天让他感到欣慰，却也让他忧虑不已。“保护”和“开发”，似乎永远是纠缠在一起的两个课题。长白山的生态系统复杂而脆弱，一经破坏就无法恢复，他呼吁人们能够与自然和谐地对话。

9月的最后一天，郎老与世长辞了。这个消息很快便传遍了我的朋友圈，我在一篇又一篇的悼文中打转，走不出他的千般故事。在别人笔下，他是恩师，是老领导，是光影传奇……他的成就太过闪耀，就像一颗遥远的星。

可比起他的可敬，我发现，我更念他的可爱可亲。他之于我，虽然闪耀，却更像是万里而来的光，照亮了我世界里灰色的一角——如果我的爷爷还在世，应该也是他那般年纪了。

他们的性情很像。坦率地说，郎老并不算人见人爱的那类人。他无邪耿直的性格，注定人们对他的评价会是两个极端，懂他的人理解他、敬重他，不懂的人诽议他，甚至记恨他。他的一生胜友如云，与太多人缔结了至纯至善的情感，也常于无意无心中与太多人为“敌”，2009年他被卷入“金像奖事件”就是个最典型的例子。我的爷爷也是那样，一生嫉恶克己，涓滴归公，最后在一些人的敬服与一些人的揶揄中，得了个“刘忠诚”的诨名。所以，即使有人提起郎琦这个名字时会闪烁其词，我也丝毫不会感到意外。

他们的慈蔼也很像。郎老给我的温暖，远不止我在书中提及的一本台历或是一双拖鞋。很多人一套都求不到的绝版邮票，我却有四套。当然这并非我贪求无厌，而是他的记忆力后来衰退得太厉害，他虽然能记住我为他做的每一件小事，却总是不记得为我做过什么，而每次见到我，又都想把最好的礼物赠与我，以至于那样珍贵的邮票，他一次次地拿出来，不带一丝不舍。

每到这个时候，我都小心帮他放好，提醒他：“这个您已经送过我啦。”

他便会露出惊讶的神情：“是吗？”然后依然将邮票塞回到我手里，“那就算你偏得的，拿去送给你的好朋友。”

大多数的时候，我都拗不过他。我也就在一套又一套的小小邮票中，一步又一步地走进他心中那无际的宇宙了。

郎老最常对我说的是“你们年轻人”如何如何——高寿如他，当然看谁都是年轻人了。他总是那样挂念他眼中的“年轻人”，有时干脆叫作“孩子”。比如，在今年新冠疫情最严峻的时候，他一见到我就忧心而关切地问我：“你们单位还好吗？画报社的孩子们还好吗？有的单位都开不出工资，真是好可怜呀！”你看，这个老头儿离休几十年了，还惦记着他心里的孩子们。

无数吉光片羽的回忆，此时争先恐后地跃出脑海。我无法一一将它们述说，但我多想当郎老卸下满身光环告别这个世界的时候，世界留给他的，只剩下善意。尽管于他而言，他从不在意外界的看法，只朝着自己认定的方向决然前行，宠辱不惊。还记得我曾向他讨过长寿的秘诀，他没有说些诸如远离烟酒、坚持运动这类束于形的建议，而是写下这样的心禅给我：“得之坦然，失之淡然，遵其自然，守其必然。”这十六个字依然是写在用药盒剪成的便笺上，就像开给我的一剂良方。

特别感谢吉林画报社副总编段吉闵老师的引见，使我有幸能与这样的耿介之士短暂同行；还要感谢郎慧老师、申继双老师和王诗戈老师，不厌其烦地为我提供各种资料，托付了全部信任来成全我的拙笔。只是，没能将成书亲手交至郎老手中，成了这千恩万惠中永久的遗憾。所幸我曾将完稿打印出来供他审阅过，他看后对我说：“我看了两遍，看得直掉眼泪。”当时的我，并没能完全理解那眼泪所承载的复杂情感，只觉得让这位老人一次又一次地重走那布满荆棘的漫漫长路，是一种近乎西西弗斯式的残忍。直到今天，当我在讣闻中拂去泪水，想到明天就是举国欢庆的节日，我开始体会得出那其中的悲欣交集。历史滚滚的浪涛扑打而来，带着多少如他一样坚韧赤诚的灵魂。为了这锦绣乾坤，他们情愿吞下命运的苦涩，连泪水都充盈着甘美的希望。

听郎老的家人说，他们会在明年春暖花开的时候，将郎老的骨灰送回安图，撒到长白山下的松江上。我知道，这是郎老生前反复嘱托的事情，和怎样“生”同等重要。“一个战士要不战死沙场，就是回到故乡。”这一句刻在沱江畔沈从文墓石碑上的话，我有幸在郎老的故事中又一次读到了它。该是多深沉的爱，才能让一个人为脚下的土地劬劳一生还觉得不够，最终甘愿化作一抔土，或是一缕清溪，继续与它相伴？

还记得1946年的那个春日吗？当金灿灿的余晖漫入小小的照相馆，赵参谋对那个二十岁的少年说：“抗战虽然结束了，但重建家园还有很长一段路要走。郎魁琦，不如你跟我从军吧！”

七十四年后，那个战斗了一生的少年长眠于满园春色之中。多希望真的能有另一个世界，那样的话，郎魁珊的那句“我们什么时候还能再相见”就可以有回应，郎琦也可以将这世间的煦日和风，一点一点，讲给千千万万个郎魁珊听。

2020年9月30日 于长春

明天既是国庆日，亦是中秋节

愿以明月寄相思，忠骨英魂共此时

附　录

郎琦生平大事活动年表

1927年	1岁	2月，出生于吉林省安图县松江镇，本名郎魁琦。
1929年	3岁	胞弟郎魁珊出生。
1940年	14岁	毕业于伪满国民优级小学校，后到龙井县兴隆照相馆做学徒。
1944年	18岁	四年学徒期满，回到松江镇，在镇上新开的照相馆打工。
1945年	19岁	中国人民抗日战争胜利。同年父母因病不治先后离世。

1946年	20岁	2月，携胞弟郎魁珊参加东北民主联军杨靖宇支队。 改名郎琦，任文化教员，与关静结婚。 到通化红土崖开展土地改革。 6月，解放战争爆发。 所属部队编入南满独立二师。 10月，在临江地区管理“海城起义”后改造失败的俘虏。 11月—12月，“四保临江”战役前夕，在临江地区建立“招待所”。
1947年	21岁	调入安图县政府做管理员，不久后返回部队。 所属部队编入第10纵队30师。
1948年	22岁	3月，女儿郎慧出生。 4月—8月，被东北军区抽调至哈尔滨学习摄影。 10月，辽沈战役期间，作为随军记者参加黑山阻击战。 11月，东北全境解放后，随宣传队到农安县进行文艺演出。 11月—12月，所属部队编入47军141师，向平津地区进军。

1949年	23岁	1月，平津战役期间，驻军河北固安，拍摄战前大练兵。 北平宣告和平解放后，2月3日，拍摄解放军北平入城式。 所属部队南下，因脚伤留在北平，拍摄南下工作团。 在北平第六陆军医院接受阑尾炎手术，后转至吉林疗养。 10月1日，中华人民共和国成立。
1950年	24岁	疗养期间在吉林省文工团继续新闻摄影工作。 6月25日，朝鲜战争爆发。 10月19日，胞弟郎魁珊随第一批中国人民志愿军入朝参战。 在吉林地区拍摄后方增产参军的热潮。
1951年	25岁	2月14日，胞弟郎魁珊在砥平里战斗中牺牲。 4月，作为第47军141师随军记者随第三批志愿军入朝。 7月，在朝鲜新幕上翻车负伤。 10月，在吉林市十二陆军医院接受手术。 11月，返回朝鲜。

1952年	26岁	3月，在成川郡驻军期间拍摄美方投放的细菌弹的相片。
1953年	27岁	4月，拍摄常香玉在朝鲜前线慰问演出。 7月27日，朝、中、美三国签订停战协定。 8月，因罹患疟疾提前回国，在哈尔滨一面坡第二十九陆军医院治疗。 年底，身体伤病情况被核定为三等甲级残废军人。转业到吉林省总工会。
1954年	28岁	行政区划调整，长春取代吉林市成为吉林省省会，随省直机关的迁移举家迁至长春。 创办《吉林工人画报》。
1955年	29岁	儿子郎平出生。
1958年	32岁	《吉林工人画报》撤销，受聘为新华社特约通信员。 与另外两名同志创办《吉林画报》。 年底，第一次进入长白山拍摄冰雪运动员。

1959年	33岁	2月，加入中国摄影家协会总会。
1960年	34岁	《六十年代第一春》在“东北三省摄影艺术展”展出。
1961年	35岁	《吉林画报》休刊。 6月，陪同著名画家傅抱石、关山月到长白山写生。 中国摄影家协会吉林分会成立，成为首批会员。
1963年	37岁	《老社员》（1960年摄）入选第六届全国摄影艺术展。
1969年	43岁	10月，成立吉林省新闻照片发稿站。
1973年	47岁	6月，吉林省新闻照片发稿站改称吉林省新闻图片社，任采编组组长。 到吉林左家“五七干校”劳动学习。
1976年	50岁	加入中国共产党。

1979年	53岁	1月，《吉林画报》复刊，任副社长。 10月，出席中国文联第四次代表大会。
1980年	54岁	《林海银鹰》（1979年摄，又名《飞机灭虫》）获“绿色宝库”摄影艺术展一等奖。 当选中国摄影家协会吉林分会第二届理事会常务理事。
1981年	55岁	李明可、刘恩泰、郎琦摄影作品展览在北京北海公园举办。 《秋》（1979年摄）获新加坡第三十二届国际摄影沙龙“最佳彩色片”金奖。从此将重心转向风光摄影。
1983年	57岁	当选吉林省政协第五届委员会委员。 担任电视片《松花湖金秋》《冰雪的故乡》艺术顾问。 12月，吉林省新闻摄影协会成立，任副主席。
1984年	58岁	被评定为高级记者。

1985年	59岁	当选中国摄影家协会第四届常务理事。 担任“中国少数民族地区画集丛刊”吉林卷主编。 10月16日第一次航拍长白山天池，取名《巍峨的长白山》，成为天池航拍第一人。 10月30日第二次航拍长白山天池，取名《云涌天池》。
1986年	60岁	8月，吉林省旅游学会成立，主张大力宣传长白山。 12月，长春市职业摄影家协会成立，任主席。
1987年	61岁	《寒鸦数点流水绕山村》获首届中国风光摄影展“蓝天杯奖”。
1988年	62岁	当选吉林省政协第六届委员会委员。
1990年	64岁	和李可明、李守芳、赵冰等人共同担任摄影工作的《长白山志》付梓。 儿子郎平病故。
1991年	65岁	从吉林画报社离休。 继续大力拍摄和宣传长白山。

1992年	66岁	《寒鸦数点流水绕山村》获中日大自然摄影比赛最佳奖。
1996年	70岁	在中国摄影家协会成立四十周年庆典大会上，被授予荣誉奖杯。
1998年	72岁	获吉林省政府最高文艺奖“长白山文艺奖成就奖”。
1999年	73岁	胃癌手术，切除五分之四胃。 在吉林省庆祝新中国成立五十周年之际获“世纪艺术金奖”。 宣布挂机。
2000年	74岁	为宣传长白山复出。 《郎琦摄影集》（吉林摄影出版社）出版。 出席吉林省在北京举办的“中国长白山”影展开幕式。
2001年	75岁	6月，为宣传长白山出席在香港举办的国际旅游展览会开幕式。 12月，出席中国文联第七次代表大会。
2002年	76岁	当选中国摄影家协会第六次代表大会委员。

2004年	78岁	被吉林省政府授予“吉林省老干部先进个人奖”。 10月，《云涌天池》（1985年摄）获中华名山长白山国际摄影大奖赛特别奖。
2006年	80岁	12月，在纪念中国摄影家协会成立五十周年之际，被中国摄影家协会授予“突出贡献摄影工作者”称号。
2007年	81岁	《郎琦摄影作品集——白山松水不了请》（吉林摄影出版社）出版。
2009年	83岁	被吉林省政府再度授予“吉林省老干部先进个人奖”。
2011年	85岁	在吉林省摄影家协会成立五十周年之际，获“吉林省摄影功勋奖”。 出席第三届东北亚国际艺术交流与文化发展论坛大会。
2012年	86岁	长白山保护开发区摄影家协会成立，任顾问。 妻子关静去世。

2016年	90岁	《岁月留痕——郎琦纪实摄影作品选集》（吉林摄影出版社）出版。 个人摄影作品集《长白山》（吉林摄影出版社）出版。 获中国艺术摄影学会最高奖中国摄影“金路奖”终身成就奖。
2017年	91岁	两次喉癌手术。术后转向资料整理工作。
2019年	93岁	6月，“岁月留痕郎琦摄影作品展”被列入吉林省“不忘初心，牢记使命”教育内容。 9月，在庆祝新中国成立七十周年长白山第二届摄影艺术展中获卓越艺术家奖。
2020年	94岁	9月，在长白山保护区建区六十周年之际，获长白山生态文明建设“杰出贡献奖”。 9月30日，病逝于长春。